U0113987

克莱因

标志格丁根大学数学传统的高斯、韦伯纪念雕像

克莱因

格丁根数学研究所内悬挂的
克莱因照像（左下为素描像）

埃尔朗根纲领

关于现代几何学研究的比较考察

◆◆◆——数学家思想文库

丛书主编　李文林

[德] F.克莱因 / 著

何绍庚　郭书春 / 译

Erlangen Program

A Comparative Review
of Recent Researches in Geometry

大连理工大学出版社

Dalian University of Technology Press

图书在版编目(CIP)数据

埃尔朗根纲领：关于现代几何学研究的比较考察 /
(德) F. 克莱因著；何绍庚，郭书春译. -- 大连 : 大连
理工大学出版社，2023.1
(数学家思想文库 / 李文林主编)
ISBN 978-7-5685-3986-9

Ⅰ. ①埃… Ⅱ. ①F… ②何… ③郭… Ⅲ. ①几何—
研究 Ⅳ. ①O18

中国版本图书馆 CIP 数据核字(2022)第 216670 号

AI'ERLANGGEN GANGLING

大连理工大学出版社出版
地址：大连市软件园路 80 号 邮政编码：116023
发行：0411-84708842 邮购：0411-84703636 传真：0411-84707345
E-mail：dutp@dutp.cn URL：https://www.dutp.cn
辽宁新华印务有限公司印刷 大连理工大学出版社发行

幅面尺寸：147mm×210mm 插页：2 印张：5 字数：96 千字
2023 年 1 月第 1 版 2023 年 1 月第 1 次印刷

责任编辑：王 伟 责任校对：周 欢
封面设计：冀贵收

ISBN 978-7-5685-3986-9 定 价：69.00 元

合辑前言

"数学家思想文库"第一辑出版于 2009 年，2021 年完成第二辑。现在出版社决定将一、二辑合璧精装推出，十位富有代表性的现代数学家汇聚一堂，讲述数学的本质、数学的意义与价值，传授数学创新的方法与精神……大师心得，原汁原味。关于编辑出版"数学家思想文库"的宗旨与意义，笔者在第一、二辑总序"读读大师，走近数学"中已做了详细论说，这里不再复述。

当前，我们的国家正在向第二个百年奋斗目标奋进。在以创新驱动的中华民族伟大复兴中，传播普及科学文化，提高全民科学素质，具有重大战略意义。我们衷心希望，"数学家思想文库"合辑的出版，能够在传播数学文化、弘扬科学精神的现代化事业中继续放射光和热。

合辑除了进行必要的文字修订外，对每集都增配了相关数学家活动的图片，个别集还增加了可读性较强的附录，使严肃的数学文库增添了生动活泼的气息。

从第一辑初版到现在的合辑，经历了十余年的光阴。其间有编译者的辛勤付出，有出版社的锲而不舍，更有广大读者的支持斧正。面对着眼前即将面世的十册合辑清样，笔者与编辑共生欣慰与感慨，同时也觉得意犹未尽，我们将继续耕耘！

李文林

2022 年 11 月于北京中关村

读读大师 走近数学

——"数学家思想文库"总序

数学思想是数学家的灵魂

数学思想是数学家的灵魂。试想：离开公理化思想，何谈欧几里得、希尔伯特？没有数形结合思想，笛卡儿焉在？没有数学结构思想，怎论布尔巴基学派？……

数学家的数学思想当然首先体现在他们的创新性数学研究之中，包括他们提出的新概念、新理论、新方法。牛顿、莱布尼茨的微积分思想，高斯、波约、罗巴切夫斯基的非欧几何思想，伽罗瓦"群"的概念，哥德尔不完全性定理与图灵机，纳什均衡理论，等等，汇成了波澜壮阔的数学思想海洋，构成了人类思想史上不可磨灭的篇章。

数学家们的数学观也属于数学思想的范畴，这包括他们对数学的本质、特点、意义和价值的认识，对数学知识来源及其与人类其他知识领域的关系的看法，以及科学方法论方面的见解，等等。当然，在这些问题上，古往今来数学家们的意见是很不相同，有时甚至是对立的。但正是这些不同的声音，合成了理性思维的交响乐。

正如人们通过绘画或乐曲来认识和鉴赏画家或作曲家一样，数学家的数学思想无疑是人们了解数学家和评价数学家的主要依据，也是数学家贡献于人类和人们要向数学家求知的主要内容。在这个意义上我们可以说：

"数学家思，故数学家在。"

数学思想的社会意义

数学思想是不是只有数学家才需要具备呢？当然不是。数学是自然科学、技术科学与人文社会科学的基础，这一点已越来越成为当今社会的共识。数学的这种基础地位，首先是由于它作为科学的语言和工具而在人类几乎一切知识领域获得日益广泛的应用，但更重要的恐怕还在于数学对于人类社会的文化功能，即培养发展人的思维能力，特别是精密思维能力。一个人不管将来从事何种职业，思维能力都可以说是无形的资本，而数学恰恰是锻炼这种思维能力的"体操"。这正是为什么数学会成为每个受教育的人一生中需要学习时间最长的学科之一。这并不是说我们在学校中学习过的每一个具体的数学知识点都会在日后的生活与工作中派上用处，数学对一个人终身发展的影响主要在于思维方式。以欧几里得几何为例，我们在学校里学过的大多数几何定理日后大概很少直接有用甚或基本不用，但欧氏几何严格的演绎思想和推理方法却在造就各行各业的精英人才方面有着毋庸否定的意义。事实上，从牛顿的《自然哲学的数学原理》到爱因斯坦的相对论著作，从法国大革命的《人权宣言》到马克思的《资本论》，乃至现代诺贝尔经济学奖得主们的论著中，我们都不难看到欧几里得的身影。另一方面，数学的定量化思想更是以空前的广度与深度向人类几乎所有的知识领域渗透。数学，从严密的论证到精确的计算，为人类提供了精密思维的典范。

一个戏剧性的例子是在现代计算机设计中扮演关键角色的"程序内存"概念或"程序自动化"思想。我们知道，第一台电子计算机（ENIAC）在制成之初，由于计算速度的提高与人工编制程序的迟缓之间的尖锐矛盾而濒于夭折。在这一关键时刻，恰恰是数学家冯·诺依曼提出的"程序内存"概念拯救了人类这一伟大的技术发明。直到今天，计算机设计的基本原理仍然遵循着冯·诺依曼的主要思想。冯·诺依曼因此被尊为"计算机之父"（虽然现在知道他并不是历史上提出此种想法的唯一数学家）。像"程序内存"这样似乎并非"数学"的概念，却要等待数学家并且是冯·诺依曼这样的大数学家的头脑来创造，这难道不耐人寻味吗？

因此，我们可以说，数学家的数学思想是全社会的财富。数学的传播与普及，除了具体数学知识的传播与普及，更实质性的是数学思想的传播与普及。在科学技术日益数学化的今天，这已越来越成为一种社会需要了。试设想：如果越来越多的公民能够或多或少地运用数学的思维方式来思考和处理问题,那将会是怎样一幅社会进步的前景啊!

读读大师　走近数学

数学是数与形的艺术,数学家们的创造性思维是鲜活的,既不会墨守成规,也不可能作为被生搬硬套的教条。了解数学家的数学思想当然可以通过不同的途径,而阅读数学家特别是数学大师的原始著述大概是最直接、可靠和富有成效的做法。

数学家们的著述大体有两类。大量的当然是他们论述自己的数学理论与方法的专著。对于致力于真正原创性研究的数学工作者来说,那些数学大师的原创性著作无疑是最生动的教材。拉普拉斯就常常对年轻人说:"读读欧拉,读读欧拉,他是我们所有人的老师。"拉普拉斯这里所说的"所有人",恐怕主要是指专业的数学家和力学家,一般人很难问津。

数学家们另一类著述则面向更为广泛的读者,有的就是直接面向公众的。这些著述包括数学家们数学观的论说与阐释(用哈代的话说就是"关于数学"的论述),也包括对数学知识和他们自己的数学创造的通俗介绍。这类著述与"板起面孔讲数学"的专著不同,具有较大的可读性,易于为公众接受,其中不乏脍炙人口的名篇佳作。有意思的是,一些数学大师往往也是语言大师,如果把写作看作语言的艺术,他们的这些作品正体现了数学与艺术的统一。阅读这些名篇佳作，不啻是一种艺术享受，人们在享受之际认识数学，了解数学，接受数学思想的熏陶，感受数学文化的魅力。这正是我们编译出版这套"数学家思想文库"的目的所在。

"数学家思想文库"选择国外近现代数学史上一些著名数学家论述数学的代表性作品，专人专集，陆续编译，分辑出版，以飨读者。第一辑编译的是 D. 希尔伯特（D. Hilbert，1862—1943）、G. 哈代（G. Hardy，1877—1947）、J. 冯·诺依曼（J. von Neumann，1903—1957）、布尔巴基（Bourbaki，1935—　）、M. F. 阿蒂亚（M. F. Atiyah，1929—2019）等 20 世纪数学大师的文集（其中哈代、布尔巴基与阿蒂亚的文集属再版）。第一辑出版后获得了广大读者的欢迎，多次重印。受此鼓舞，我们续编了"数学家思想文库"第二辑。第二辑选编了 F. 克莱因（F. Klein，1849—1925）、H. 外尔（H. Weyl，1885—1955）、A. N. 柯尔莫戈洛夫（A. N. Kolmogorov，1903—1987）、华罗庚（1910—1985）、陈省身（1911—2004）等数学巨匠的著述。这些文集中的作品大都短小精练，魅力四射，充满科学的真知灼见，在国内外流传颇广。相对而言，这些作品可以说是数学思想海洋中的珍奇贝壳、数学百花园中的美丽花束。

我们并不奢望这样一些"贝壳"和"花束"能够扭转功利的时潮，但我们相信爱因斯坦在纪念牛顿时所说的话：

"理解力的产品要比喧嚷纷扰的世代经久,它能经历好多个世纪而继续发出光和热。"

我们衷心希望本套丛书所选编的数学大师们"理解力的产品"能够在传播数学思想、弘扬科学文化的现代化事业中放射光和热。

读读大师,走近数学,所有的人都会开卷受益。

李文林

(中科院数学与系统科学研究院研究员)

2021 年 7 月于北京中关村

目　录

合辑前言 / i

读读大师　走近数学——"数学家思想文库"总序 / iv

关于现代几何学研究的比较考察 / 1

附　录 / 52

　　附录 1　F.克莱因的生平、思想和成就 / 51

　　附录 2　格廷根的数学传统 / 83

　　附录 3　群论统一几何学的历史根源 / 108

　　附录 4　再论 F.克莱因的《埃尔朗根纲领》/ 127

数学高端科普出版书目 / 143

关于现代几何学研究的比较考察

——1872 年在埃尔朗根大学评议会及哲学院开学典礼上提出的纲领

F. 克莱因①

五十年来,在几何学领域取得的成果中,射影几何学的发展占有头等地位(参阅本文末注释 1)。如果说,起初,所谓度量关系,由于它们在射影之下不是保持不变的,似乎难于用射影几何学来讨论,那么现在,人们已经习惯于用射影的观点体会这些关系了。以至于现在,射影的方法囊括了整个几何学。可是在那里,度量性质不再作为空间实体的内在性质出现,而是作为这些实体和一个基本元素即无穷远虚圆的关系出现。

①　在《数学年鉴》(*Annali di Matematica*)刊载了我的《埃尔朗根纲领》意大利文译本以后,我以很高兴的心情接受了帕得(Padé)先生出版法文译本的建议,因为目前群论在法国似乎受到空前的重视,我的纲领内容,也许会在那里引起一些关注。在意大利文译本中,我对正文做了少量修改并加了某些附注,其余内容基本上原封不动,引文中统统用[]标明。此后的工作不管多么接近我的论题,我都没有引用。因为系统地总结 1872 年以后发表的成果是一个长期任务,对于我的纲领,我觉得若没有完整和详细的修改,不可能把其中心思想清楚地表达出来。我希望将来可以完成。

如果把初等几何学的诸概念同由于考察空间实体而逐渐积累起来的方法相比较，就会引导人们去探索一个普遍原则，根据这个原则，可以建立起这两种方法。由于除了初等几何学和射影几何学之外，还有发展很缓慢然而也必须给予同样的存在权利的其他方法，所以这个问题显得更加重要。比如反演几何学、有理变换几何学等几何学就是这样。此后，我们还要提及和阐述这些几何学。

当我们在此着手建立一个这样的原则的时候，我们的确没有发挥任何特别的想法。我们只是把许多人或多或少明确地想着的东西，给以一个明确的表达方式。几何学尽管本质上是一个整体，可是，由于最近所取得的飞速发展，却被分割成为许多几乎互不相干的分科（参阅注释 2），其中每一个分科几乎都是独立地继续发展着，于是，公开发表旨在建立几何学的这样一种内在联系的各种考虑，就显得更加必要了。我们还特别想陈述一下由李（Lie）和我在最近的工作中发展起来的方法和观点。这两方面的工作的论题尽管不同，但它们在这里阐明的考察事物的一般方法与达到的目的却是一致的，因而，再次讨论考察事物的一般方法并从这方面刻画这些工作的内容和趋势是很有必要的。

如果说，迄今为止我们只谈到了几何研究，那么这种研究事实上应该把任意维流形的研究和普通的几何研究一起包括在内。这种任意维流形是人们从几何学中舍弃了而从纯数学观点看来并非本质的图形而抽象出来的(参阅注释 3 和注释 4)。关于多维流形的研究包含着与几何学同样多的各种类型,并且,像几何学的研究一样,还应该明确指出彼此独立开展的研究之共同点和不同点。从抽象的观点看来,下文中只需要谈论多维流形;但是,如果把这个论述和我们最熟悉的空间概念联系起来,它就变成最简单的并且是一目了然的了。从考察几何实体出发,并把它们作为例子来阐明和展开一般性想法,我们就是遵循着科学在它自己的发展中走过的道路,这也是取作我们阐述的基础的通常最有利的道路。

要在这里预先提示下文内容是不可能的,因为不大可能把这个内容归纳为一个最简洁的形式①,而各节的标题将给出思想的一般发展过程。我在文末加了一系列的注释。在这些注释中,当我感到这对理解正文有用时,就对一些特定点做了进一步的阐述;要不然,我就尽力把本文考察中所采用的抽象的数学观点和同它有关的诸观点区分开来。

一、空间变换群　主群一般性问题的提出

在下面就要进行的诸考察所需要的一些概念中,最本质的就是空间变换群的概念。

———————

① 这种表达形式的过于简洁是我的文章的一个欠缺。我担心,这会把对文章的理解变得更难接受。可是,我不能用一个非常冗长的表达式来弥补这个欠缺,因为那样的话,在这里仅仅涉猎一下一些特定的理论,就得详细加以阐述。

任意多个空间变换①的组合,总是又给出一个这样的变换。现在我们假定,一个给定的变换集合有这样的性质,即变换集合中任意多个变换的组合构成的每一变换也属于这个集合,那么,这样的集合就构成一个变换群②③。

位移(每一个位移被看作在整个空间上实行的一次运算)的集合提供了变换群的一个例子。例如,环绕一点的旋转④所构成的群就是其中的一个。反之,包含位移群的群可以由直射变换的集合构成。相反,对偶变换的集合并不构成群,因为两个这样的变换的组合给出一个直射变换;但是,人们把对偶变换和直射变换结合在一起,就重新获得了一个群⑤。

有一些空间变换,它们不变更图形的几何性质。这些几

---

① 我们的意思是说,变换总是应用于空间的全体元素,因而我们简单地称作空间变换。一些变换,例如对偶变换,可以不是点的变换而引入新的元素。在本文中,对这种情况和别的情况不加区别。

② 这个定义还需要下面的补充。在本文的群中,实际上暗含着如下的假定,在那里出现的一切运算都伴随着它的逆运算;但是在有无穷多个运算的情况下,这当然不是群概念本身的一个必然结果;因此,这应当是一个被明确加进群的定义中的假定,如同在本文中所给的那样。

③ 这个概念和名称都是从置换论中借用的,在那里,人们不是把它看作一个连续域的变换,而是看作有限多个离散量的排列。

④ 卡米耶·约当(Camille Jordan)定义出了包含在位移群里的所有的群,如关于运动的群。(*Annali di Matematica*,t. Ⅱ)。

⑤ 此外,一个群的变换在这里连续不断地出现,是毫无必要的,尽管对我们就要谈及的所有的群,总是这种情况。例如,使一个规则物体能够自我覆盖的有限次位移,形成一个群;同样,使一条正弦曲线无限次不连续的自我迭加的位移,也形成一个群。

何性质,按对其本身的理解,独立于被考虑的图形在空间中占有的地位,独立于图形的绝对量并最后独立于图形的各部分被安置的定向①。那么,空间的位移、相似变换和对称变换不变更图形的性质。同样,由上述变换结合成的变换也不变更图形的性质。我们称所有这些变换的集合为空间的变换主群②;图形的几何性质在变换主群的变换之下保持不变。逆定理同样是正确的:图形的几何性质被它们在主群的变换之下的不变性所描绘。诚然,如果人们暂时把空间看作不能位移,看作一个定流形,那么每一个图形就有它自己的个性。在这个图形作为个体所具有的诸性质中只有那些在主群的变换下不变的性质才真正是几何的性质。在这里不很确定地提出的观点,将在以后的讨论中显得清楚些。

现在,我们将不管从数学的观点看来并非本质的物质图形,在空间中,我们只看到一个多维流形,例如,按照习惯的表达方式把点当成空间元素时,就只看到一个三维流形。与空间的变换类似,我们可以讨论流形的交换,它们也构成群。但是,不再像空间中那样,有一个按其本意来说区别于其他群的群;任何一个群,和别的群具有同等的作用。于是,作为几何的推广,就这样提出下列一般性问题:

---

① 在这里,应该把方向理解为序的性质(定向)。由于序性,一个图形不同于它的对称图形(反射像)。同样,由于定向,右螺旋线不同于左螺旋线。

② 由定义,这些变换必定构成一个群。

给了一个流形和这个流形的一个变换群,以在这个变换群的变换之下其性质保持不变的观点研究这个流形的实体。

如果我们采用现时的说法,当然,这里只对一个确定的群即线性变换群用到这种说法。那么还可以这样来表达这个一般性问题:

给了一个流形和这个流形的一个变换群,建立关于这个群的不变性理论。

这便是一般性问题,即不仅囊括了通常的几何学,而且也囊括了我们必须一一考虑的现代几何学方法,以及任意维流形的各种研究方式。尤其需要指出的是,在选择附加于流形的变换群时还有任意性,和由这种任意性所导致的同等地允许满足一般性要求的所有处理方法的可能性。

二、一个包含另一个连接起来的变换群　几何学研究的各种类型及其相互关系

因为空间实体的几何性质在主群的一切变换之下都保持不变,所以,研究只对这些变换的一部分保持不变的性质,当然没有任何意义。然而,如果在空间图形与某些假定是固定的元素的关系方面来研究空间图形,那么,这个问题至少从程式上看来,是合理的。例如,正像在球面三角学中一样,我们考察空间的诸实体,其中有一特殊的点。那么,首先提

出的问题就是：不再对空间的实体本身，而是对它们和给定点一起构成的系统，来阐明在主群之下不变的性质。

但是，也可以用另外的方式提出这问题：假定这点固定，从在主群的变换之下的不变性的观点，研究空间的实体本身。换句话说，在空间图形上加进这给定的点，在主群的意义下研究这些空间图形，或者，什么点都不加进，但是用包含主群在内的且不改变某一相应点的变换群代替主群，来研究这些空间图形，这两者是同一回事。

这就是在下文中经常要用到的一个原则，由于这个原因，我们愿意从现在起以下列方式，对它做一般的描述。

给定一个流形，为了研究它，再给定一个变换群。现在的问题就是，研究流形的诸实体与其中特定的一个实体。那么，人们或者可以在实体的集合中加进这个特定实体，在已给定的群的意义下研究这个增广系统的性质，或者可以什么实体都不加进，但是，要限制作为研究基础的那些变换，使这些变换属于给定的群，并且不改变特定的实体（这些变换也必定形成一个群）。

现在，我们看一下本节开头提出的问题的逆问题。这个逆问题很容易理解，问题在于：探求空间实体的这样一些性质，它们在包含了主变换群的一个群的变换之下仍然保持不变。在这个研究中获得的每一个性质都是实体的内在的几何性质。但是,逆命题是不正确的。对于这个逆命题,我们刚刚建立的原则开始起作用,这时,主变换群是一个最小的群。于是,我们得到这样的定理:

如果用一个更广的群代替主变换群,那么只有一部分几何性质被保存下来。其他的性质不再作为这些几何实体的内在性质而出现,但仍然是给这些实体加进一个特定的实体后所得到的系统的性质。这个特定的实体,作为确定的①实体来说,一般有下述的特点:当它固定时,在给定的群的变换中仍作用于空间的只有主群的那些变换。

我们需要研究的新几何学方法的实质以及它与初等方法的关系寓于这个定理之中。诚然,它们由这样一个事实描绘其实质,即它们的考察不是凭依主变换群,而是建筑在一些更广的变换群之上的。这些群既然互相包含,那么,一个类似的法则就确定了它们的互逆关系。这也适用于我们将要考察的多维流形的各种不同的研究方法。现在我们就要对每个特殊方法建立这种法则,并且,本节和前几节的关于一般情况的那些定理即将要在具体问题的应用中看得更清楚。

---

① 例如,如果把主变换群的变换应用于任何一个初始元素,而给定的群中没有一个变换能使这种初始元素再现,这时就引入了这样一个实体。

三、射影几何学

空间的每个不属于主变换群的变换可以应用于把已知图形的性质转移到新图形上去。这样，对于能表示在平面上的曲面几何学，就可以利用平面几何学；因此，在真正的射影几何学诞生前很久，人们就已经用曲面在平面上的投影推出的性质来确定一个已知图形的性质。但是，只有当人们习惯于把原来的图形和所有的由投影推演出来的图形完全看成本质上等同的东西时，并且只有习惯于表述这些投影性质，使得这种表达与投影带来的变化无关时，射影几何学才得以诞生。这就是采取第一节意义下的投影变换群作为诸考察的基础，并且，由此发现了射影几何学与普通几何学之间的差别。

对于空间的每一种变换，都可以设想出一个类似的发展进程，像我们刚刚叙述的那样。这是我们还要常常重复的。至于射影几何学的问题，这个发展进程还要分两步来进行。第一步，在一些概念结构的扩充中通过在基本变换群中纳入对偶变换完成了。根据现代的观点，必须注意两个互为对偶的图形，我们不再把它们看成两个不同的图形，而是看成本质上是单一的和同样的图形。第二步的本质在于，通过在此采用相应的虚变换来扩充直射变换和对偶变换的基本群。这就要求人们首先采用虚元素来扩充空间固有元素的范围，正像在基本群中采用对偶变换就导致同时引入点和面作为空间元素一样。这里不是着重讲引入虚元素的作用的地方，其实，只有这个作用才能使空间理论和作为模型而采用的代数运算的领域对应起来；相反，必须特别强调这个事实，即在考察代数运算中需要这种引入的理由，在射影变换群和对偶变换群中则不复存在。如同在后者中，因为实直射变换和实对偶变换已经形成了一个群，我们可以局限于实变换一样，即使我们不立足于投影的观点，也可以引入虚元素，并且，只要我们的目的是研究代数实体，我们就应该这样做。

上一节的一般性定理指出了按投影的观点应该怎样设法说明度量性质。这种度量性质必须作为关于一个基本元素的投影关系来考察，这个基本元素就是无穷远虚圆[①]，亦即一个具有只能由也属于主变换群的射影群的变换变为它本身的性质的元素。我们如此直率地陈述的这个定理，还需要一个重要的补充，即限于对空间的实元素（和实变换）做通常的考察。于是，还应该明确地把无穷远虚圆补充到空间的实元素（点）系统上，以便与这个观点完全融洽。如果初等几何学意义下的性质是投影的性质，那么，它们要么是图形的固有性质，要么是一些关于这个实元素系统，或者关于无穷远虚圆，甚至同时关于两者的关系。

---

① 这个概念应该作为 Chasles（法文改为：法国学派的——译者）最美好的成就之一来看待，只有它对于人们乐于放在射影几何学开端的度量性质与投影性质之间的差异给予一个确切意义。

在这里,大家还可以回想起冯·斯托德(von Staudt)在他的《论方位几何学》中怎样建立了射影几何学,这种射影几何学的基本群仅仅包含了实射影变换和对偶变换①。

在这部著作中,我们明白了,他如何仅从通常的诸考察的内容里取出在射影变换之下不变的东西。如果我们竟然想这样考察度量性质,那么,恰需把这些性质作为相对于无穷远虚圆的关系引入。这些思想进程如此完成后对在这里提出的诸考察有极大的重要性,因为,它使我们有可能在即将提出的诸方法的每一种意义下建立相应的几何学。

四、用基础流形的一个变换建立的相互关系

在转到陈述与初等几何学和射影几何学并列的那些几何学方法之前,我们可以一般地阐述一下经常在下文中再现的某些论述。对于这些论述,迄今为止所接触到的理论已经提供了足够数量的范例。本节和下一节就来谈谈这一点。

若取一个群 B 作基础来研究一个流形 A,如果由任意一个变换把 A 变成了另一个流形 A',那么,变 A 到自身的变换群 B 就变成了一个群 B',它的变换变 A' 到自身。这时,由取 B 为基础研究 A 的方法推出了取 B' 为基础研究 A' 的方法,

---

① 仅在《论方位几何学》(*Beiträge zur Geometrie der Lage*)中,冯·斯托德取最宽广的群作为基础,一些虚变换也在其中出现。

就是一个明显的原则。换句话说，A 的一个实体关于群 B 所具备的每个性质，给出了 A' 的一个相应的实体关于群 B' 所具备的一个性质。

例如，我们假定 A 是一条直线，而 B 是变 A 到自身的三重无限线性变换。那么，关于 A 的研究恰恰就是现代代数学中人们称之为二次型理论的内容。现在，通过对圆锥曲线上的点进行投影，我们就可以建立起直线上的点和平面圆锥曲线 A' 上的点之间的一个对应关系。显而易见，再现直线的线性变换 B 变成了再现圆锥曲线的线性变换 B'，即圆锥曲线的这样的变换，与再现圆锥曲线的平面线性变换相对应。

但是，根据第二节的原则①，当假定圆锥曲线是固定的，并且仅仅考察平面上再现它的线性变换而研究关于这条圆锥曲线的几何学，或者，考察平面上所有的线性变换，并且让圆锥曲线随之变化而研究关于这条圆锥曲线的几何学，这是同一回事。所以，我们就这条圆锥曲线的点系揭示的那些性质在通常意义下都是投影的性质。把这一点和前面的结果相联系，就会得到：

二次型理论与一条圆锥曲线的点系的射影几何学是等价的。就是说，关于二次型的每个定理，都有关于这条圆锥

---

① 如果人们愿意，这个原则此刻正在一个稍微普遍的形式中被应用。

曲线的点系的一个定理相对应，反之亦然①。

　　下面就是为阐明这种研究方法而特有的另外一个例子。如果人们在平面上做一个二次曲面的球极平面投影，那么，在曲面上就出现了一个基本点：投影点；在平面上就出现了两个基本点：经过投影点之母线的交点。可是，人们立刻看出，不使两个基本点改变的平面线性变换经过映象变成了二次曲面的线性变换中再现二次曲面的那些变换，然而不使投影中心改变。（使曲面再现的线性变换在这里应该理解为当人们实施使曲面自我覆盖的空间线性变换时，曲面所服从的变换。）这样，带有两个基本点的一个平面的射影的研究和带有一个基本点的一个二次曲面的投影的研究是等价的。但是，如果使用虚元素，那么，前者仅仅是在初等几何学意义下的平面的研究。事实上，平面的主变换群恰恰是由使一个点对（无穷远圆点）不变的线性变换组成；那么，最终得到：

　　平面初等几何学和带有一个基本点的一个二次曲面的投影的研究是同一个东西。

　　人们可以随意增添这些例子②。我们选用了刚刚阐述的

---

　　① 代替平面圆锥曲线，我们尽可取一条左旋的三次曲线，一般地，对于 n 组的情形，也可照此办理。

　　② 对于其他的例子，特别是对于推广到高维的时候，既可以参阅在我的一篇论文《关于线几何和度量几何》(*Ueber Linien-geometrie und metrische Geometrie*，Math. Annalen，t. Ⅴ.）中所做的阐述，也可以参阅我们就要直接引用的李(Lie)的工作。

两个例子,因为在下文中,我们还有机会再谈到它们。

五、空间元素选择的任意性　海赛(Hesse)相关原理
线几何学

点作为直线的元素、平面的元素、空间的元素等,和一般地一个有待研究的流形的元素可以作为流形组成部分的对象:一个点集特别是一条曲线、一个曲面等来代替点(参阅注释6)。由于人们使这个元素所依赖的诸任意参数的个数,无从预先加以确定,那么,直线、平面、空间等视所选择的元素为何显现出具备某一任意维数。但是,只要取同一变换群为几何学研究的基础,那么,这种几何学的内容就不会改变。就是说,由空间元素的每一种选取所获得的每个定理,对于元素的另外选法,仍然是一个定理,只不过是这些定理的顺序及其内部联系发生了变化。

因而,首要之点就是变换群,至于流形的维数,只作为某种次要的东西而出现。

这个看法和上一节的原则相结合,就会得到一系列完美的应用,其中的某些应用要在这里阐述。事实上,只要稍加分析,就会看出,这些例子对于说明一般考察的意义是合适的。

根据上一节,关于一条直线的射影几何学(二次型理论)

相当于关于一条圆锥曲线的几何学。关于后者，现在我们可以用点对代替点作为元素来考察。于是，如果使每一条直线和它在那里与圆锥曲线相交的点对相对应，就可建立一条圆锥曲线的点对集合与平面上的直线集合之间的对应关系。由这种描绘，再现圆锥曲线的线性变换变成了使圆锥曲线不变的平面（被看作由直线组成的）线性变换。然而，根据第二节，考察由后面这些变换构成的群，或者自始至终在要研究的平面图形上增添一条圆锥曲线而从平面线性变换的全体出发，是等价的东西，由此得出：

二次型理论和带有一条基本圆锥曲线的平面射影几何学是等价的。

最后，既然由于群的同一性，带有一条基本圆锥曲线的平面射影几何学与人们可以在平面上关于一条圆锥曲线建立的射影度量几何学相吻合（参阅注释 5），于是，我们还可以说：

二次型理论和平面的一般度量射影几何学是同样的几何学。

在上面的分析中，我们还可以用一条空间三次曲线代替平面圆锥曲线，等等；但是，我们不想多花笔墨了。我们刚刚阐述过的平面几何学、空间几何学或一个任意维流形的几何学之间的联系，基本上和海赛（Hesse）提出的相关原理相一致(*Journal de Borchardt*, t. LⅩⅥ)。

空间射影几何学或者可以叫作四次型理论,提供了一个有完全同类性质的例子。我们取直线作为空间的元素,并且,像在线几何学中那样,我们用由一个二阶方程联系在一起的六个齐次坐标确定它;那么,这些空间的线性变换和对偶变换就表现为设想有六个彼此独立的变量的线性变换中能使联系方程变为它本身的那些变换。正如我们刚刚阐述的那样,通过一系列类似的推演,就得到下列定理:

四次型理论与由六个齐次变量产生的流形的射影度量的确定相一致。

至于这些观点的更详尽的阐述,我推荐最近在《数学年鉴》(*Math. Annalen*, t. Ⅵ.)中刊载的一篇论文:《关于所谓非欧几何学第二次报告》(*Ueber die sogenannte Nicht-Euclidische Geometrie*)(zweite Abhandlung),以及本文结尾处的一个注释(参阅注释 2)。

对上面的论述,我们还要补充两点意见:第一点,实际上已经暗含在谈过的内容之中,但是,还必须再阐述一下,因为它所应用的对象是一个很容易误会的论题。

如果引入任何一些实体作为空间元素,那么就获得了某一个维数。但是,如果我们立足于习惯的观点(初等的或射影的），那么对于多维流形，我们应取为基础的群，被先验地给出：它不是别的，仅仅是主变换群或射影变换群。但是，如果我们想取另外一个群作基本群，那么我们势必舍弃初等的或射影的观点。这样，通过空间元素的适当选择，这个空间表示一些若干维的流形是多么真实，同样，补充如下这点就多么重要：为了用这种表示研究这个流形，必须先验地取一个确定的群为基础，若不然，对于随意规定的群，就必须使之与我们的几何观念相适应。如果不加这个说明，人们就会去寻找，譬如说，一种如下形式的线几何学的表示法。在这种几何学中，一条直线有六个坐标，这恰恰是一条平面圆锥曲线的系数的数目。这样构造的线几何学是一个摒弃了其系数之间有二次关系的圆锥曲线集合的一个圆锥曲线系统的几何学。如果说被当作平面几何学基础的群是由这样的变换集合构成的群，这种变换是用一条圆锥曲线系数的线性变换表示的，并且，它们再现了二次条件方程，那么，这是正确的。但是，如果我们坚持平面几何学的初等的或射影的观点，那么，无论如何我们也得不到任何一个这样的表示法。

第二点意见与下面的概念有关。假定对于空间给定任意一个群，譬如说，一个主群，我们选择一个特定的图形，例如一个点，或者一条直线，甚或一个椭圆体，等等，并且对它实行基本群的一切变换。这样，人们获得了一个

多重无穷的流形,其维数一般等于在这个群中含有的任意
参数的数目;在某些特殊情形中,这个数目更小一些,就是
说,那时,一开头被选定的图形有由群的无限个变换而再
现的性质。如此引入的每个流形叫作关于母群的一个
体①。如果现在,一方面,我们想在群的意义下研究空间,
并且,为了这个目的,明确指出作为空间元素的确定的图
形;而另一方面,我们又不想使一些等价的东西用不相同
的方式表示出来,那么,我们当然应该选择空间的元素,使
它们的流形形成一个单一的体,或者能够被分解为体②。
晚些时候(第九节),我们将给出这个明确的注解的一个应
用。体的概念本身,在最后一节,将结合同类性质的概念
再次进行讨论。

六、反演几何学关于 $x + \mathrm{i}y$ 的解释

在本节中,我们继续讨论几何研究的另外一些方向上的
问题,这些问题已经在第二节、第三节里开始谈到了。

---

① 这个名称是根据戴德金(Dedekind)选定的。在数论中,如果一个数的集合是从已
知的元素出发借助于给定的运算产生的,则这个数的集合叫作体。(戴德金,《教程》新版)
② 在本文中,没有充分注意所提供的群是不是能包含人们所谓的一些例外子群。如
果一个几何图形在一个例外子群的运算之下仍然不变,那么,通过整个群的运算从子群推演
出来的所有图形都是一样的,并且归根结底,由此产生的一个体的所有的元素也是一样
的。现在,如此形成的一个体,对群运算的映象完全是非固有的。所以,在本文中,人们仅
应该考虑这样一些体,它们源于不能被所提供的群的任何一个例外子群保持不变的空间元
素。

按照类似于射影几何的研究方法，对于运用反演变换这类几何观念的范畴，我们可以从各种角度加以考察。所谓四次圆纹曲面、自反曲面的研究与正交系一般理论的研究，以及势论的进一步研究，也都属于这种情况。如果说，人们在上述研究中还没有像射影几何一样，把主群与反演变换合在一起的变换集合构成群，以这个群为基础总结出一种特殊的几何学，这完全归之于一种偶然情况，即直到现在，这些理论尚未成为系统阐述的对象；实际上，在这些方向上进行研究的少数学者，并不是完全没有这种方法上的见解。

将反演几何与射影几何做比较，二者的类似之处立刻就会显示出来，因此不必进行详细分析，而只需注意下列几点：

在射影几何中，基本概念是点、直线和平面。圆和球，只不过是圆锥曲线和二次曲面的特殊情况。初等几何的无穷远，在这里表现为一个平面；与初等几何相联系的基本图形，是无穷远虚圆锥曲线。

在反演几何中，基本概念是点、圆和球。直线与平面，是圆与球包含一个无穷远点时的特殊情况。这个无穷远点，从方法上来讲，丝毫也不比其他的点更特殊。只要假设这一点是固定的，就得到了初等几何。

如果按照前几节所指出的对于二次型理论与线几何学的讨论，反演几何也会具有同样有效的形式。为了达到这个目的，我们不妨首先限于考察平面几何，并进而考察平面反演几何①。

关于初等平面几何与含有特殊点的二次曲面射影几何，它们之间的关系，已经讲过很多了（第四节）。如果把这一特殊点除外，只考虑曲面射影几何本身，它就构成了平面反演几何。

很容易理解②，依据二次曲面的映象，平面反演变换群对应于使二次曲面变成它本身的线性变换集合。因此：

平面反演几何和二次曲面射影几何是一回事。

完全相应地有：

空间反演几何学和一个流形的射影研究是等价的，这个流形由五个齐次变量的二次方程来表示。

正如借助于线几何，使得空间几何与一个五维流形相联系一样，通过反演几何，空间几何也就与一个四维流形联系起来了。

只就实变换来说，反演几何从另一方面给我们提供了一

---

① 直线反演几何相当于直线投影研究，因为两者的变换是一回事。因此，在反演几何中，可以讨论直线上与圆上四点的交比。

② ①见已引证过的文章：《关于线几何和度量几何》(Ueber Linien-geometrie und metrische Geometrie，Math. Annalen，t. V.)

种很有趣的表达方式和重要应用。如果按习惯方法在平面上表示复变量 $x+iy$，那么限定于实变换的反演群则与复变量的线性变换相对应。① 但是，关于可进行任何线性变换的复变函数的研究，只不过是用一种稍稍不同的表达方法表示出来的所谓二次型理论。因此，二次型理论找到了在实平面反演几何中的表示法，而且，变量的复数值也被表示出来。

为了达到射影变换的最通常的表示范围，可以从平面转到二次曲面。由于我们只考虑平面的实元素，怎样选择曲面不再是不重要的了；但显然，曲面的选取必须不受限制。特别是，如同前面关于复变量的解释所做的那样，我们可以把这里的曲面设想为一个球面，并得到下述定理：

复变量二次型理论可在实球面射影几何中找到它的表示法。

我觉得还应该在一个注释中指出（参阅注释 7），用这种

———————————

①［正文里的讨论方式不是很严谨的。全体线性变换 $z'=\dfrac{\alpha z+\beta}{\gamma z+\delta}$（其中 $z'=x'+iy',z=x+iy$)，仅仅对应于反演群里那些不使角度反转的变换。（在这些变换下，平面上的循环点在角度中间不改变位置。）为了扩充到整个反演群，除了上述线性变换外，还必须添加如下的线性变换（它们并非不重要）：$z'=\dfrac{\alpha \bar{z}+\beta}{\gamma \bar{z}+\delta}$，其中仍有 $z'=x'+iy'$，但 $\bar{z}=x-iy$。］

表示法怎样说明二元三次型理论和双二次型理论。

七、前述内容的推广　李氏球几何学

关于二次型理论、反演几何学与线几何学如前所述是互相对应的，它们的区别只是变量数目的不同。我们现在所要阐述的某些推广，是与这三种理论联系在一起的。首先，这样一些推广有助于用新的例证说明这样的思想，即决定已知范围内研究方式的群可以被任意扩充；此外，我们的目的还特别在于，从与这里所谈思想的关系，来说明李在新近一篇论文①中提出的主要观点。为了更适合普通的几何直观，并且与前面谈到的内容联系起来，我们预先假定只在变量数目很少的情况下进行有关讨论。这时，我们达到李氏球几何学的方法，与李对于线几何概念所采取的方法有所不同。正如李所强调指出的《格丁根新闻》(*Göttinger Nachrichten* 1871，n° 7.22)，这种考察与变量数目无关。它属于更重要的研究领域，即关于任意多变量的二次方程射影研究。这种研究，我们已经常常接触，并且以后还要多次遇到(见第十节等)。

我首先用球极平面投影建立实平面与球面之间的关系。在第五节中，通过使平面上的直线对应于这条直线与圆锥曲线

---

① 《关于偏微分方程与复数》，《数学年鉴》，第Ⅴ卷。(*Ueber Partielle Differentialgleichungen und Complexe*，Math. Annalen，t. Ⅴ.)

相交得到的点对,从而把平面几何与圆锥几何联系起来了。用同样方法,我们可以在空间几何与球几何之间建立一种对应关系,使得空间的每个平面对应于该平面与球相交所得到的圆。然后,如果通过球极平面投影,把球几何转换到平面上去,这时,每个球都变成一个圆,那么就有下列二者的互相对应:

空间几何,它的元素是平面,它的群是把球变成它本身的线性变换群;

平面几何,它的元素是圆,它的群是反演群。

我们现在分两步把第一种几何加以推广。为此,要把这种几何的群用包含它的群来代替。所得到的推广结果,通过映象可以立即转换到平面几何上。

为了代替空间的使得球仍旧变成它本身的线性变换,这个空间是由平面构成的,我们可以很方便地选取空间的线性变换总体,或者选取空间的平面变换总体。这些变换(在立即就要说明的意义下)使球保持不变。于是,第一种情况排除了球,第二种情况排除了使用变换的线性特点。因而,第一个推广立刻就显而易见了。我们可以首先对它加以考察,并将其结论转换到平面几何上。然后,我们再继续讨论第二个推广,这时,必须先确定相应的更一般的变换。

空间的线性变换普遍具有下述性质,即平面束与平面把仍然变成平面束与平面把。但在球面上,一个平面束则变成一个圆束,也就是具有公共交点的单重无穷的一系列圆;一个平面把则变成一个圆把,也就是与一个固定圆正交的两重无穷的圆族。(这个固定圆所在的平面,以已知平面把中各个平面的公共点为极点。)具有这种特点的圆变换,即圆束与圆把仍然变成圆束与圆把的圆变换①,在球面上进而在平面上,对应于空间的线性变换。采用这种变换群得到的平面几何,就是普通空间射影几何的映象。在这种几何中,不能用点作为面的元素,因为对于所选择的变换群来说,点不能构成一个体(第五节)。但是,我们可选择圆作为元素。

对于所说的第二个推广,首先应解决相应变换群的类型问题。为此,必须找到这样的平面变换,使得任何顶点位于球面上的平面把,又变成这样的平面把②。我们可以先通过对偶性,将问题转化为更简明的表达方式。另外一个步骤是使空间维数降低一维。我们还要找到这样的平面点变换,它们使已知圆锥曲线的任一条切线又重新变成同一条圆锥曲线的切线。为了达到这个目的,我们把平面连同位于它上面的圆锥曲线看作一个二次曲面的映象,这个映象是这样得到的:从不在该二

---

① 在格拉斯曼(Grassmann)的多维扩张理论中,曾附带考察了这种变换(1862 年版,p. 278)。

② 法文译本上的这句话是"……使得轴与球相切的平面束又变成了一个这样的平面束。"——译者

次曲面上的一个空间点出发,把二次曲面投影到平面上,使已知的圆锥曲线表示过渡曲线。于是,曲面的母线与圆锥曲线的切线相对应,并且问题归之于找出使曲面变成它本身的点变换集合,而在这种变换下,母线仍然要变成母线。

存在无穷多个这样的变换,因为只需要把曲面的点看作两类母线的交点,并且用任何方法把每个直线族变成它本身,这就足够了。在这种变换中,特别是有线性变换,我们所要研究的也仅仅是这些线性变换。实际上,如果我们不是研究一般的曲面,而是研究由二次方程表示的多维流形,那么只有线性变换还继续有效,其他的变换就都被排除了①。

这种再现曲面本身的线性变换,通过投影(非球极平面投影)转换到平面上,就得出了双值的点变换。在这种变换下,作为过渡曲线的圆锥曲线的任何切线,当然又重新变成一条切线。而一般地说,每条另外的直线要变成与过渡曲线两重相切的一条圆锥曲线。如果在构成过渡曲线的圆锥曲线上,建立一个射影度量,那么就能恰当地刻画这种变换群。于是,变换具有下述性质,即在这种度量意义下,相互距离等于零的点以及有固定距离的点,又变成这样的点。

①　假如我们对流形做球极平面投影,就会得到著名的定理:在(空间的)多维域中,除反演群的变换之外,不存在任何保形点变换。在平面上恰恰相反,存在无穷多个这样的变换。见已引证过的李的著作。

所有这些考察,都能引申到任意多变量的情形,尤其是也可以应用于开头就已提出的问题,这一问题中把球面与平面作为元素。在这种情况下,我们能够给这个结果以特别直观的形式,因为在一个球面上基于射影度量意义下,两个平面所形成的角,与通常意义下它们和球面截出的圆所形成的角相等。因此,在球面上以及在平面上,我们得到了一个有如下性质的圆变换群,它把那些相切的圆(形成一个等于零的角)以及那些与某个圆相交成等角的圆,各自变成满足同样条件的圆。球面上的线性变换以及平面内的反演群的变换,都属于这个变换群①。

以这个群为基础的圆几何学,类似于李对于空间建立的球几何学。球几何学在研究曲面的曲率时有非常重要的作用。如同反演几何包括初等几何,在这样的意义下,圆几何包括反演几何。

---

① [下面的公式更清楚地说明了正文的论述。

设
$$x_1^2 + x_2^2 + x_3^2 + x_4^2 = 0,$$

这是用通常的四面坐标表示的、且与平面有球极平面投影联系的球方程。如果诸 x 满足这个方程,那么它们就获得了平面上四面坐标的意义,并且

$$u_1 x_1 + u_2 x_2 + u_3 x_3 + u_4 x_4 = 0$$

变成了平面上圆的一般方程。在计算这个圆的半径时,刚好得到平方根:

$$\sqrt{u_1^2 + u_2^2 + u_3^2 + u_4^2}。$$

我们用 iu_5 表示它。现在,可以把圆作为平面的元素来进行研究。于是,反演群就成为 u_1、u_2、u_3、u_4 的齐次线性变换集合。除一个因子外又产生了:

$$u_1^2 + u_2^2 + u_3^2 + u_4^2。$$

与李氏球几何学相适应的更广泛的群,由五个变量 u_1、u_2、u_3、u_4、u_5 的线性变换组成,除一个因子外,这五个变量又产生了:

$$u_1^2 + u_2^2 + u_3^2 + u_4^2 + u_5^2。]$$

我们刚刚得到的圆变换（球变换），特别是具有这样的性质，即把相切的圆（球）变成恰好也相切的圆（球）。如果我们把所有的曲线（曲面）都看作圆（球）的包络图形，那么相切的曲线（曲面）结果总是被变成也相切的曲线（曲面）。这里所谈到的变换属于以后将要做一般研究的切触变换（使得图形的相切是不变的关系）。本节开始提到的格拉斯曼的圆变换以及类似的球变换，都不是切触变换。

如果说上述两种推广，仅仅涉及反演几何，那么通过类似的方式同样适用于线几何，并且一般地说，也适用于对通过二次方程表示的流形做射影研究。这一点，我们已经指出过了，这里毋庸再述。

八、建立在点变换群基础上的其他方法

如果除开与改变空间元素联系在一起的对偶变换，那么初等几何、反演几何以及射影几何，仅仅是可以想到的许多考察方法中的几个特例，这些方法一般以点变换群为基础。在这里，我们还要强调指出下列三种方法，这三种方法与刚刚讲到的考察方法有共同的特点，尽管这些方法远没有像射影几何那样，发展成为独立学科，但是仍然容易看出它们在现代研究中所处的地位①。

---

① ［在前面的例子中，我们只涉及有限参数的群，我们现在来研究所谓无限群。］

1. 有理变换群

关于有理变换，我们必须仔细辨别这种变换对于运算域（例如空间或平面等）的全体点是不是有理变换，或者仅仅对属于这个域的一个流形（例如曲面、曲线）上的点是不是有理变换。如果要在迄今所述的意义下建立空间几何和平面几何，只能采用第一种情况；从我们现在的观点出发，后一种情况只是在研究已知曲面或已知曲线的几何学时，才有重要意义。在我们立即就要谈到的拓扑学中，也同样要区别这两种情况。

然而，迄今所做的研究，实质上只涉及第二类变换。由于我们不是讨论曲线几何与曲面几何的问题，这些问题必须找到判断两个曲面或两条曲线能够互相变换的一些准则，所以这些研究超出了我们这里所要考察的范围①。在本文中提出的一般方案，肯定不能囊括数学研究的全部，只不过是用共同的观点把某些方向统一起来。

以第一类变换为基础的有理变换几何学，现在刚刚开始研究。在一级域内，在直线上，有理变换和线性变换是恒同

---

① ［然而很幸运，这些课题与我们的论述很有关系，只是我在 1872 年还不知道。给定任何一个代数形式（曲线、曲面等），如果作为坐标，引进关系式：

$$\varphi_1 : \varphi_2 : \cdots : \varphi_P = du_1 : du_2 : \cdots : du_P,$$

其中 $u_1, u_2, \cdots, u_P$ 是关于曲线的第一类 Abel 积分，那么我们就可以使这个代数形式与一个高维空间联系起来。在这里，只有取 φ 的齐次线性变换群作为研究这个空间的基础。请参看 Brill、Noether 和 Weber 的有关著述以及我最近的论文：《贝尔函数的理论》，《数学年鉴》，第 XXXVI 卷。（*Zur Theorie der Abel'schen Functionen*，Math. Annalen，t. XXXVI.）］

的,没有什么新内容。在平面内,我们当然已经知道了有理变换(Cremona 变换)的集合,它们是由二次变换的组合生成的。我们还知道平面曲线的不变特征:它们的亏格、模的存在;但实际上,这些研究在我们这里一般意义下的平面几何中还没有发展起来。对于空间来说,完整的理论则刚刚诞生。至今,我们对有理变换还了解得很少,并且就用这些知识把已知曲面与未知曲面通过映象联系起来。

2.拓扑学①

在所谓拓扑学中,我们要研究由无穷小变形组成的变换的不变性。如前所述,在这里仍然要区别究竟是把整个域(例如空间)还是只把从它分出来的一个流形(一个曲面),作为变换的对象。第一类变换是存在的,可以把它作为建立一种空间几何的基础。这类变换构成的群,实质上完全不同于我们迄今所考察过的群。因为它包括所有由设想为实无穷小的点变换组成的变换,所以它本身就从根本上局限于空间实元素,并且只能在任意函数域上变动。我们还能通过加进无穷远元素的实直射变换,把这种变换群适当地扩充。

3.全体点变换的群

如果说关于这样的群,任何曲面都不具有独特的性质,因为通过这个群的变换,每个曲面都能变成任何另外一个曲面,

---

① 原意是位置分析(Die Analysis situs)。——译者

那么还存在更高级的图形,在研究它的时候,这个群可以找到更好的应用。按照本文作为基础的几何学观点,即使至今还很少把这些图形看作几何图形,而仅仅看作偶尔能找到几何应用的解析图形,并且在研究它们的时候,人们使用了直到我们这个时代才开始作为几何变换来理解的方法,这些都是无关紧要的。首先,齐次微分表达式就属于这种解析图形。偏微分方程也属于这种解析图形。正如下节所要阐述的,对于偏微分方程的一般讨论,全体切触变换群是最可取的。

在以全体点变换群为基础的几何学中,重要的基本定理是:对于空间的无穷小部分,一个点变换总是相当于一个线性变换。射影几何的发展,现在已经能应用到无穷小的情况,并且在讨论流形时,可以选择任意的群作基础——这正是射影方法的一个突出特点。

前面已经谈到了互相包含的群在考察方式上的关系,这里不再多谈这个问题了。我们只是再举出第二节中一般理论方面的一个例子。我们可以提出这样的问题,即怎样从"全体点变换"的观点来理解射影性质,这时可以排除实际上属于射影几何群的对偶变换。这个问题还可以用另一种方式表达:在什么条件下,线性变换群才能从点变换集合内区分出来。线性变换的特点是它使任何平面都对应于一个平面,线性变换就是使平面流形仍然变成平面流形的点变换(或者,对于直线流形也有同样的结果)。射影几何是从全体点变换几何通过加进平面流形而推演出来的。这一点正如初等几何是从射影几何通过加进无穷远虚圆而推演出来的。例如,根据全体点变换的观点,我们可以把一个代数曲面的某一次数这一特征,理解为关于平面流形的一个不变关系。当我们像格拉斯曼那样,把代数曲面的形成与它们的直尺作图联系起来的时候,这一点相当明显。

九、全体切触变换群

很早以来,人们就考察过切触变换的一些特殊情况。雅可比(Jacobi)在解析研究中甚至还应用了最一般的切触变换。然而,切触变换只是通过李的最近的研究工作,才进入了最流行的几何概念的行列①。因此,明确解释一下切触变换究竟是怎么回事,或许并不多余。在这里,我们仍然像以前一样,只限于三维点空间的情况。

在切触变换下,我们要按解析的观点理解每一个这样的代换:变量 x、y、z 的值和偏微商 $\dfrac{\mathrm{d}z}{\mathrm{d}x}=p$、$\dfrac{\mathrm{d}x}{\mathrm{d}y}=q$ 用新的量 x'、y'、z'、p'、q' 的函数表示出来。显然,相切曲面通过它一般地又变成了相切曲面,这就是确定切触变换这个名称的根据。

---

① 特别参见已经引证的著作:《关于偏微分方程与复数》,《数学年鉴》,第 V 卷. (*Ueber Partielle Differentialgleichungen und Complexe*, Math. Annalen, t. V.). 本文内有关偏微分方程的论述,基本上来自李的口述;见下文注释:《偏微分方程的理论》(*Zur Theorie partielle Differentialgleichungen*), Göttinger Nachrichten, 1872, 10。

从作为空间元素的点出发,切触变换可以分成三类:使三重无穷多的点又重新与点相对应的变换,这就是我们刚刚考察过的点变换;把三重无穷多的点变成曲线的变换;以及把它们变成曲面的变换。我们不应把这种分类看作实质性的分类,因为在利用三重无穷多的其他空间元素(例如平面)时,当然又得到了分成三个群的一种分类。然而,它与从点出发获得的分类并不吻合。

如果在一个点上实行所有的切触变换,就得到了点、曲线和曲面的全体。并且恰恰需要这些点、曲线和曲面的集合来构成这个群的体。我们还可以由此决定一般规则,但当利用点或面的坐标进行运算时,在切触变换意义下,形式地处理问题(例如下面就要谈到的偏微分方程论)则是不完备的,因为恰在此时取作基础的空间元素却不能构成体。

但是,如果要保持习惯的方法,那么作为空间元素引入包含在上述体内的所有个体,这也不可能实现,因为它们的数目是一个无穷重的无穷。在这些考察中,存在如下的必要性,即作为空间元素既不能引入点,也不能引入曲线和曲面,而是要引入曲面元素,亦即 x、y、z、p、q 的值组。对于任何切触变换,每个曲面元素都变成了一个新的曲面元素;于是,五重无穷的曲面元素构成一个体。

根据这种观点,我们应该把点、曲线、曲面同等地理解为曲面元素的集合（Aggregate），并且是二重无穷的集合。事实上，曲面被 ∞^2 个元素所包络，曲线与同样数目的元素相切，每个点也有 ∞^2 个元素经过。但是，这些二重无穷多的元素集合，还有一个共同特点。如果对于两个相邻的曲面元素 x、y、z、p、q 和 $x+\mathrm{d}x$、$y+\mathrm{d}y$、$z+\mathrm{d}z$、$p+\mathrm{d}p$、$q+\mathrm{d}q$，有

$$\mathrm{d}z-p\mathrm{d}x-q\mathrm{d}y=0,$$

我们则称这两个曲面元素位置相连（vereinigte lage）。因此，点、曲线、曲面是曲面元素的三个二重无穷流形，其中每个曲面元素都和与之相邻的单重无穷的曲面元素位置相连。这样，点、曲线和曲面就有了共同特点，并且当以切触变换群作为基础时，应该把它们解析地表示出来。

　　两个相邻元素的位置相连，是在切触变换下的不变关系。但是反过来说，切触变换也可以定义为五个变量 x、y、z、p、q 的这样的代换，在这种代换下，$\mathrm{d}z-p\mathrm{d}x-q\mathrm{d}y$ 的关系保持不变。在这些考察中，空间应该被看作一个五维流形，并且，取如下的变量的变换总体为群，而这些变换使微分之间的一个确定关系式不变，在此基础上对这个流形进行研究。

　　研究对象首先是由变量间的一个或几个方程，即一阶偏微分方程和一阶偏微分方程组所表示的流形。主要问题在于，怎样从满足已知方程的元素构成的流形出发，连续求出一系列单重、二重无穷的元素，使每一个元素都与相邻元素位置相连。

例如,一阶偏微分方程的求解问题,就归结为一个类似的问题。我们可以这样叙述它:从满足方程的四重无穷的元素出发,推出具有上述性质的全体二重无穷流形。特别是完全解的问题现在就有了这样一个精确的形式:用一种方法把满足方程的四重无穷的元素,分解成二重无穷的这种流形。

在这里不打算继续多谈这种有关偏微分方程的考察,我只推荐已经引证过的李的著作。不过,我们还要强调一点,即从切触变换的观点来说,一阶偏微分方程没有任何不变性,因为它们每一个都能变成另外的任何一个,特别是线性方程不再与别的方程有什么不同。仅仅当回到点变换的观点时,区别才表现出来。

切触变换群、点变换群以及射影变换群,能够用一个我在这里不能不说几句的统一方式刻画其特点[①]。我们已经确定,切触变换就是保持两个相邻曲面元素位置相连的变换。点变换则与之相反,其特点是把处于相连位置的相邻的直线元素变成了恰好具有同样性质的直线元素。最后,直射与对偶变换则保持相邻连通元素的相连位置。我所说的连通元素,指的是一个曲面元素与包含在其中的一个直线元素构成的并集。当一个连通元素不仅是点,而且它的直线元素都包含在另一个连通元素的曲面元素中时,我们

---

① 我把这个观点归功于李的一个评注。

就说这两个相邻的连通元素位置相连。连通元素这个(暂时的)名称,与克莱布施(Clebsch)在几何学中新引进的图形有关①,这种图形由同时包括点坐标、平面坐标与直线坐标的方程所确定。它在平面上的类似图形,由克莱布施取了连通这个名称。

十、关于任意维流形

我们已经多次强调指出,在把前面的论述与空间概念联系在一起时,只是希望依靠直观的例子更容易阐明抽象的概念。但就其本身而论,这些考察与直觉的印象无关,它属于数学研究的一个领域,人们称之为多维流形理论,或者根据格拉斯曼简称为多维(扩张)理论。为了实现把前面得到的理论从空间转移到纯粹的流形上,应当采用的方式可由其本身自然而然地设想出来。对此,我们只是再次提醒一下,与几何学相反,在抽象研究中,我们有权完全任意地选择变换群作为研究的基础,这样很有好处;而在几何学中,预先就给定了一个最小的群,即主群。

在这里,我们只能很简略地谈谈下列三种处理方法。

---

① Göttinger. Abhandlungen,1872(第 17 卷):《关于不定式基本任务的理论》(*Ueber eine Fundementalaufgabe der Invariantentheorie*),尤其是 Göttinger. Nachrichten,1872,第 22 期:《关于平面解析几何的新的基本结构》(*Ueber ein neues Grundgebilde der analytischen Geometrie der Ebene*)。

1.射影的处理方法或现代代数学(不变量理论)

它的群由表示流形元素的变量的线性变换和对偶变换的集合所构成,这就是射影几何的推广。我们已经指出过,在高一维的流形中讨论无穷小时,这种方法怎样找到了应用。这种方法在下述意义上包括我们还要讲到的另外两种处理方法,即它的群包含了作为这两种方法的基础的群。

2.常曲率流形

在黎曼(Riemann)的著作里,这种流形概念来自流形的更一般的概念,其中给定了变量的微分表达式。在这里,使给定表达式保持不变的变量变换集合构成了群。如果在射影意义上,规定了基于变量之间给定的二次方程所建立的度量关系时,那么就用另一方式得到了常曲率流形的概念。这个方法可推广到把变量假定为复变量的情况;随后,可以讨论把变量限定在实数域的情形。我们在第五节、第六节、第七节中接触的一系列研究,就属于这个分支。

3.平面流形

黎曼把曲率恒等于零的常曲率流形叫作平面流形。他的理论是初等几何的直接推广。当使得由两个方程(一个是线性方程,另一个是二次方程)所表示的图形保持不变时,它的群,也像初等几何中的主群一样,可以从射影几何群中分离出来。如果要适应通常表达理论的形式，那么就应该区别实数情况和虚数情况。在这种理论中，首先要列入初等几何本身，然后要列入例如说普通曲率理论最新的一般化成果，等等。

十一、结束语

最后，我们还要说明两点看法，它们与我迄今所说的内容有着密切联系。第一点是关于体现概念发展的形式体系。在第二点中，我们要指出若干问题，它们按照这里提出的观点去处理看来是重要的和很有成效的。

对于解析几何，人们经常责难它通过引进坐标系任意选用元素的做法。对于由变量值刻画其局部特征的多维流形的所有处理方法，也同样遇到了这种责难。尤其是从前，如果说由于人们使用坐标方法并不完善，这种责难还言之成理的话，那么一旦我们采用了合理的处理方法，它自然就会消失了。在群的意义下研究流形时能出现的解析表达式，就其本身含义来说，应当与坐标系无关，而坐标系仍然可以任意选择，并且这种无关性应当在公式中明确地表示出来。现代代数学证明这是可能的，并且指出了怎样去完成的方法。在现代代数学里，这里谈到的形式化的不变量概念，实际上以最明显的方式突出地被说明了。它对于不变量的表达式有一个普遍与完备的构造法则，并且原则上只限于用这些表达式进行运算。如果用射影群以外的其他群作基础,这也同样应该要求提供解析的处理方法①。事实上,形式体系必须符合概念的内容,因此可以把形式体系作为概念的准确和清晰的表达式,或者利用它比较容易深入到尚未被研究的领域。

这里,将我们所说的一些观点与伽罗瓦(Galois)的方程论加以比较,就引导到提出我们还想谈论的下述问题。

在伽罗瓦理论中,和这里一样,全部兴趣都集中于变换群。而与变换有关的对象当然很不相同。在那里,只涉及有限个不连续的元素,而此处则涉及一个连续流形的无穷个元素。但是由于群概念的统一性,容许人们继续做这种比较②。特别是,当李和我按照这里阐述的观点开始进行的某些研究中,也有这种特点时,我们更愿意在此指出这一点③。

在伽罗瓦理论中,例如塞莱(Serret)的《高等代数教程》(*Traité d'Algèbre supérieure*)或约当(C. Jordan)的《置

---

① [例如,对于三维空间中绕一定点旋转的变换群,通过四元数提供了这样的形式体系。]

② 对此,我要在这里指出,格拉斯曼在他的《扩张论》(*Ausdehnungslehre*)(1844)第 1 版引言中,已经对组合分析和扩张理论做了比较。

③ 参见我们合作的论文:《关于由单重无穷多可交换线性变换变为自身的封闭系统所表示的平面曲线》(*Ueber diejenigen ebenen Curven,welche durch ein geschlossenes System von einfach unendlich vielen vertauschbaren linearen Transformationen in sich übergehen*, Math. Annalen, Bd. Ⅳ.)

换教程》(*Traité des substitutions*)表明,真正要完成的研究
课题就是群论或置换论本身,方程论不过是由此产生的一
种应用。同样,我们需要一种变换论,即一种由具有给定
性质的变换所产生的群论。与在置换论中一样,可交换性
和相似性等概念,也都能够找到应用。在变换群基础上派
生出来的关于流形的处理方法,作为变换论的一个应用而
出现。

在方程论中,首先有系数的对称函数,它们带来了很多
好处。其次,存在这样的表达式,它们即使不能对根的全体
置换,至少也对根的相当多的置换,保持不变。由此类推,在
以一个群作基础来研究流形的时候,我们首先需要确定体
(第五节),即经过群的全体变换保持不变的图形。但是,也
还存在这样一些图形,它们不能接受群的全体变换,而只能
接受群的某些变换,并且这种图形在以群作基础进行研究的
意义上特别有趣,它们具有非常值得注意的性质。例如,在
普通几何学中,人们区别对称体与规则体、旋转曲面与螺旋
曲面,就是如此。如果我们站在射影几何的观点上,并特别
要求使图形保持不变的那些变换必须是可交换的,那么就会
导致由李和我在已引证过的论文中考察过的那些图形,以及
第六节中提出的一般问题。第一节和第三节中给出了平面
上无穷多个可交换线性变换群的定义,它属于我们刚刚所说

的变换一般理论的一部分①②。

注　释

1. 关于现代几何学中综合方法和解析方法的比较

目前,人们不再去注意现代综合几何学和解析几何学之间的实质性差别,因为,它们的研究内容和讨论方式越来越变得类似了。因此,在正文中,我们统统采用射影几何学这个词作为两种几何学的共同名称。如果说,综合方法更多地通过空间直观进行研究,并且以它的第一批基本理论而具有特殊的诱惑力的话,那么,一个这样的空间直观领域并不排除解析方法,并且,人们能把解析几何学的公式理解为几何关系的一个清晰而严谨的表达式。另一方面,当然不该低估

---

　　① 　在正文里,我不想再来说明在微分方程理论中无穷小变换的研究所产生的成果。李和我在引证过的著作第七节里已经指出,采用同样无穷小变换的常微分方程,也出现了同样的积分困难。至于这些考察应该怎样应用于偏微分方程,李在不同场合,特别是在上面引证的论文(Math. Annalen Bd. V.)中,用好几个例子进行了论述(参见 Mitteilungen der Academie zu Christiania,1872 年 5 月)。

　　② 　[今天,我可以说明这个事实,即正文中谈到的两个问题恰恰继续指导着李和我本人后来的大部分工作。关于李的工作,我们要特别提出他的《连续变换群论》(*Théorie des groupes continus de transformations*),他的系统论述,是两卷书的研究对象(莱比锡,1888 年卷Ⅰ,1890 年卷Ⅱ)。根据现存手稿,在我后来的研究中,我可以指出关于规则体的研究、关于椭圆模函数的研究以及一般地关于单值函数的研究,这些单值函数允许做线性变换。1884 年,我在一部专著 *Vorlesungen über das Ikosaeder und die Auflösung der Gleichungen vom fünften Grade*(莱比锡)中,阐明了第一批观点。不久以前,出版了《椭圆模函数原理》(*Théorie des fonctions modulaires elliptiques*)的第 1 卷(莱比锡,1890 年。对于这部著作,弗留克(Fricke)先生曾给予我很大的帮助)。]

一个非常合适的表述系统由于在一定程度上超越当时的思维而给后来的研究带来的好处。然而，也不应该放弃这样一个原则，即当一个数学问题还没有变成明显的直观时，就不应当被看作完全彻底解决了的问题；只有表述系统的推进，才是迈出了很重要的头一步。

2. 现代几何学的分科

举例来说，如果我们考察一下，数学物理学家在大多数情况下是怎样不愿借助于哪怕是不十分发展的射影直观；而另一方面，射影几何学家又不去接触如曲面的曲率理论所揭示了的丰富多彩的数学真理的宝藏，我们就不得不看到几何学知识的当前状况：一方面不十分完全，另一方面又是充满希望的过渡性的。

3. 关于空间直观的重要性

在正文中，当我们把空间的直观看成某种重要的东西时，我们是指根据需要明确表示的诸考察的纯数学内容而言的：直观只不过是使这种考察变为容易感觉到的东西。事实上这种方法的作用，从教育学的观点看，应该认为有不可估量的意义。因此，按这种观点看一种几何模型是非常富有教育意义的，也是非常有趣的。

但是，空间直观的重要性的问题，一般说来，则完全是另外一回事。我把直观看成本身是某种独立存在的东西。这就存在着一种真正的几何学,对于类似正文中的研究,它并不仅仅给抽象考察以可以感觉的形式。在这里,空间图形应该按照它们的本来面貌来理解,并且(作为数学的一个侧面)应该作为空间直观公设的明显推论来揭示它们的关系。一种模型——它可以被阐述、被直观感觉到,或仅仅明显地摆在眼前,对于这种几何学,并不是一种达到目的的工具,而正是事情的本身。

当我们这样把几何学作为一个独立对象与纯数学互不相关地并列起来时,实际上,我们没有做出什么新的东西。而新近的研究差不多完全忽视了这一点,那么,再一次明确强调指出它当然是大家所希望的。不管怎样,新的研究方法纵然可能被掌握了,倒是难得用于研究空间实体的形式关系,虽然在这个方向上,它们恰恰显得前途无量。

4. 关于任意维流形

我们所考察的空间,作为点的存在场所,只有三维,从数学上看,这是无可争议的;但是,人们不知道,这一观点长期以来妨碍了我们去确定是不是有四维或任意维的空间,虽然我们只能亲身感受到三维空间。多维流形的理论在现代数学研究中越来越走在前面,以致在本质上,它的独立性是确定无疑的。同时,基于这种思想,在此当然确立了这样一种见解。人们不再讲一个流形的元素,而是讲一个高维空间的点,等等。就它本身来讲,这种表达方式有许多好处。只要回顾一下几何概念，它就是容易理解的。但是，它也有这样一个不利的结果，就是说，在大多数情况下，关于多维流形的研究被看成仅仅是一个和我们刚刚提到的关于空间本质的那些思想相一致的东西。再也没有什么东西比这个论点更缺乏根据了。如果这些见解是正确的，那么，这类数学研究会立刻找到一个几何应用；但是，它们的作用正如它们的目的一样，与这些见解完全无关，而是寓于纯数学的内容之中。

普吕克（Plücker）指出了完全另外一种形式，他引入依赖于任意多个参数的图形（曲线、曲面等）作为空间元素（见正文的第五节），从而把真实的空间看作一个任意维的流形。

格拉斯曼在《扩张论》(*Ausdehnungslehre*)（1844）中首先阐述了这样一种看法，即把一个任意维流形的元素当作类似于空间的点来考察。格拉斯曼完全摆脱了我们刚刚提到的关于空间本质的那些思想；顺便说一下，这些思想可以上溯到高斯提出的见解，并且随着黎曼关于多维流形的研究传播开来了。

格拉斯曼和普吕克的这两种观点各有所长；这两种方法人们都在使用，根据需要，有时用这种，有时又用那种。

5. 关于非欧几何学

正如人们最近的研究所证明的，在正文中所谈到的射影度量几何学基本上和人们抛弃了平行公设而得到的度量几何学相吻合,这种度量几何学冠以非欧几何学的名称,当今经常成为争辩和讨论的对象。如果说,在上文中,我们一般没有使用过这个名称,那么,其理由正和前一个注释的论述有关。人们把许多与数学毫不相干的思想和非欧几何学的名称联系在一起,这些思想一方面由于一种排斥异物所激起的热情而被接受;另一方面,在任何情况下,我们的纯数学研究使用这些思想时却一无所获。我们想在随后的论述中把这方面的概念弄得更加清楚。

关于平行理论的研究和它们进一步的发展在数学上有两方面的重要性。

首先,它们表明,平行公理不是它前面那些一般性公理的数学结果,人们可以把这点看作最终解决了的问题,但是,它却表达了一个先前的研究中没有被触动过的实质上是新的直观事实。类似的讨论不仅对几何学而且对于每一个公理可能并且应该是已经完成了,人们由此认识了这些公理相互之间的地位。

其次,这些研究给了我们一个严谨的数学概念,即常曲率流形的概念。如同我们已经指出的并且在第十节中充分展开了的那样,它与独立于每一种平行理论而发展起来的射影度量以最严谨的形式联系在一起。如果就它本身来说,研究这种度量给数学带来了巨大的裨益,并且有一系列应用的话,那么,作为一个特殊情形(极端的情形),它还包含了在几何学中给出的度量,并且站在更高的观点上对它进行研究。

一个完全独立于这些论述的问题是如何理解平行公理的基础,它到底是应该如一部分人所希望的,看作一个整体的绝对前提呢?还是如另一部分人所坚持的,仅仅看作根据经验近似建立起来的东西?如果在这里有理由接受后一种看法的话,那么,所提及的数学研究向我们指出了应该怎样去建立一种更严密的几何学。然而,这无疑是一个力求得到我们悟性普遍原则的哲学问题。显然,这样的数学家对于问题的提法不感兴趣,他希望他的研究不能看成依赖于哲学从这一方面或那一方面可能做出的答案。

6. 研究常曲率流形的线几何学

当我们在一个五维流形中把线几何学与射影度量结合起来时,就应当注意到这个事实,直线仅仅给我们提供了(在度量的意义下)流形的无穷远元素。因此,对其无穷远元素考察一下射影度量的含义是什么,非常有必要。我们将在这里阐述一下这个问题,以便排除把线几何学理解成度量几何学所造成的困难。我们把这些论述和直观的例子联系起来,这个例子给出了建立在二次曲面基础上的射影度量。

在空间中任取两个点,关于这个曲面就有一个绝对不变量:交比。它是由这两点和这两点的连线与曲面的两个交点构成的。但是,如果这两个任意点恰恰位于曲面上,那么,这个交比等于零,而与这些点的位置无关,这两点位于母线上的情形除外,在这种情形下,它是不定的;如果它们不互相重合,那这是它们的相对位置所引起的唯一特殊情形;于是我们有定理:

在空间中,以二次曲面为基础建立的射影度量并没有对这个曲面上的几何学提供任何的度量。

与此有关的事实是,通过使曲面变成它本身的线性变换,人们可以使曲面上任意三点与另外三点相重合[1]。

为了要在曲面本身上有一个度量,必须限定变换群,而当使空间中任何一点(或它的极平面)保持固定时,就做到了这一点。首先,我们假定这个点不在曲面上。那么,从这一点把这个曲面投射到一个平面上,就给出了一条圆锥曲线作为过渡曲线。在平面中,人们以这条圆锥曲线为基础建立了一个射影度量,随后再把它转移到曲面上[2]。这是一个真正

---

[1] 这个关系在通常的度量几何学中被改变了;对两个无穷远点,当然有一个绝对不变量。当打算施行无穷远曲面所能允许的线性变换时可能遇到的矛盾,在考察平移或相似变换时解决了,这些平移和相似变换在上述变换之列,但不使无穷远发生任何变化。

[2] 见正文第七节。

的常曲率度量。于是有定理：

当使不在曲面上的一个点保持固定时，就在这个曲面上得到了一个常曲率度量。

同样，可以得到①：

若取曲面本身的一个点作为固定点，则在这个曲面上可得出一个零曲率度量。

对于曲面上所有这些度量，曲面的母线都是长度为零的直线。于是，曲面上弧元素的表达式，在不同的度量下，仅仅差一个常数因子。在曲面上，不存在一个绝对的弧元素，但是，我们尽可以讨论曲面上两个前进方向之间所构成的角。

现在，所有这些定理和论述都能直接应用于线几何学。而对于线空间本身，不会先验地存在任何一个真正的度量。只有使一个线丛保持固定时，才得到了一个这样的度量，并且，按照线丛是一般的或特殊的（一条直线），该度量分别保持常曲率或零曲率。绝对弧元素的存在也与这个线丛的选择有关。但是，与已知长度为零的直线相交的相邻直线间的位移方向与它无关。同时，也可以讨论两个任意方向之间所

---

① 见正文第四节。

构成的角①。

7.关于二元型的解释

在这里,我们将指出,借助于 $x+iy$ 在球面上的解释,对于把二元三次型和二元双二次型结合在一起的基本型系统,可以给出一个什么样的简明表示。

一个二元三次型 f 有一个三次共变式 Q、一个二次共变式 Δ 和一个不变量 R②。f 和 Q 一起,形成了一组六次共变式

$$Q^2 + \lambda R f^2,$$

其中也含有 Δ^3。人们可以证明③,三次型的每个共变式都可以分解为这样的六点系统。只要 λ 取复数值,就有一组二重无穷的共变式。

如此确定的基本型系统现在可以在球面上表示成下述形式④:我们通过一个适当的线性变换,把由 f 表示的三个点变到一个大圆上三个等距离的点。这个大圆可以看成赤道;位于大圆上的 f 的三个点的经度是 $0°$、$120°$、$240°$。那么,Q 由赤道上其经度分别是 $60°$、$180°$、$300°$的点表示,而 Δ

───────────

① 见论文:《关于线几何和度量几何》(*Ueber Linien-geometrie und metrische Geometrie*,Math. Annalen,t. V,p. 271)。

② 见克莱布施关于这个问题的文章:《二次型理论》(*Theorie der binären Formen*)。

③ 通过考察使 f 变为它本身的线性变换。见 Math. Annalen,t. IV,p. 352.

④ [也可以见 Beltrami:《二元三次型几何学的研究》(*Recerche sulla Geometria delle forme binarie cubiche*,Memorie Acc. Bologna,1870)。]

由两极来表示。每一个基本型 $Q^2+\lambda Rf^2$ 都由六个点表示，这些点的纬度和经度包含在下表中，其中 α 和 β 可以取任意数：

α	α	α	$-\alpha$	$-\alpha$	$-\alpha$
β	$120°+\beta$	$240°+\beta$	$-\beta$	$120°-\beta$	$240°-\beta$

按照球面上这些点组，我们可以看出，f 和 Q 怎样二次重复地及 Δ 怎样三次重复地由它产生出来。

一个双二次型有一个也是双二次的共变式 H、一个六次共变式 T 及两个不变量 i 和 j。特别值得注意的是，双二次型 $iH+\lambda jf$ 的集合总是和同一个 T 相适应；T 可以分解成的三个二次因子都属于这个集合，其中每个因子都被两重计算。

现在，我们由球的中心做三条互相垂直的轴 ox、oy、oz。那么，它们和球面的六个交点构成基本型 T。当由 x、y、z 表示球面上任何一点的坐标时，那么与一个双二次型 $iH+\lambda jf$ 相适应的四个点，则由

$$x, \qquad\qquad y, \qquad\qquad z$$
$$x, \qquad\qquad -y, \qquad\qquad -z$$
$$-x, \qquad\qquad y, \qquad\qquad -z$$
$$-x, \qquad\qquad -y, \qquad\qquad z$$

给出。

这四个点总是一个对称的四面体的顶点,该四面体的对边被坐标轴二等分;T 在双二次方程理论中作为 $iH + \lambda j f$ 的预解式所起的作用就这样被明确指出来了。

1872 年 10 月于埃尔朗根

(本篇参照德、法两种译本译出。德文译本据 *The new Mathematical Intelligence* 1977 年 8 月所载 Felix Klein 1872 年的德文原本 *Vergleichende Belrachtungen über neuere geometrische Forschungen*。法文译本系 Padé 于 1891 年所译,见 Borix Rybak 主编的《方法论丛书》之一:*Le Programme d'Erlungen*,1971 年巴黎版。——译者)

(何绍庚　郭书春　译;吴新谋　田方增　胡作玄　校)

附　录

附录 1　F.克莱因的生平、思想和成就[①]

丸山哲郎

一、写在前面

我们能从 F.克莱因（Felix Klein）那里学到些什么呢？他创立了《埃尔朗根纲领》（*Erlanger Programm*），研究了自守函数，积极参与了数学教育的改革。是否就只有这些了呢？

遗憾的是，关于克莱因，人们所知道的大概只有这些。对19世纪数学史的研究是数学史上的一个重要课题。对作为19世纪优秀数学家之一的克莱因，人们研究得是很不够的。本文在介绍克莱因的同时，对他的思想、成就也做出一些评价。

二、19世纪前半叶的数学

由于牛顿（Newton）、莱布尼茨（Leibniz）对微积分的创

[①]　本文由杜石然译自日本《科学史研究》第 42 号，1957 年 4～6 月。

建,以及由于伯努利(Bernoulli)兄弟、欧拉(Euler)、拉格朗日(Lagrange)、拉普拉斯(Laplace)等人对微积分的应用和发展,从17世纪开始并贯穿18世纪的机械论数学的瑰丽花朵,到了18世纪下半叶便凋谢了。

由巴黎高等工艺学院(L'Ecole Polytechnique)和高斯(Gauss)开始的崭新的19世纪数学,如果说是应新兴工业而引起的技术发展的需要,倒不如说更多的是由于观念形态以及研究体制的需要而产生的。新的数学并不把力学和天文学看成终极目标。数学变成是为其自身的需要而进行研究的了。各专门分支的分化正在开始。19世纪的数学家,在王公贵族的沙龙里已经看不到了,他们受聘于大学或高等学校,在充当研究工作者的同时,他们也是教师。作为唯一的学术语言的拉丁文,也已经被各国的民族语言所代替[1]。

19世纪初期的德国,"借用拿破仑军队的力量,从反动统治中解放出来,向新的未来前进这样一个国家的形象就在其间逐渐形成。不论在普鲁士的东部还是西部,农奴制度的废止和封建社会的解体都迅速地进行完毕,公布了民法,废除了贵族的特权"[2]。在面貌一新的德国,资本主义的工业生产正在兴起。

在19世纪德国数学史的地平线上,高耸着高斯的堂堂雄姿。对于这个面貌一新的德国——繁荣起来了的精神王国,只要一想起康德、歌德、贝多芬、黑格尔的名字，就可以想象到它的盛大。但是"这一精神王国中的一切，都是建筑在当时经济和政治的泥沼之上的。受到英国、法国社会进步的刺激，像是骤然间羽化登仙一般，德国的精神由于和良好的德国传统牢固地结合在一起，远远地走到德国物质发展的前面去了。更确切些说，这或许是要回避开粗野的现实，或许是盘旋而上以至更高的梦境和抽象之国，或许是躲避到更深的个人生活中去，用这些方法来逃避现实"[3]。理论没有成为变革的武器，也没有转化成物质的力量。但是，这些精神吸取了新时代的空气，用强而有力的方法表现了这个时代的新思想。高斯也不例外，不能因为他经常使用拉丁文，就把高斯说成具有 18 世纪的性格。在电磁学和场论等应用数学中表现出来的现实的思考方法，包括在赫尔姆施达特学位论文（1799）中关于代数学基本定理的严密证明，还有在 *Disquitsiiones arithmeticae*（1801）中所用的方法，关于曲面论的方法等，必须看到高斯所具有的 19 世纪性格的伟大之处。

比在德国还要早些时候，新时代的精神已经在先进的法国开花。为了确保法国革命成果动员起来的科学和技术，法国著名的数学家、科学家大都集中在巴黎高等工艺学院进行研究工作。把理论和应用结为一体的是这个学校的领导人蒙日（Monge），继关于画法几何的讲义[4]之后，他又出版了关于微分几何的专门著作[5]。蒙日微分几何学中的综合几何学,被他的学生彭赛列(Poncelet)所继承。在拿破仑远征俄国失败之后,彭赛列在被俘入狱生活中的一些思想,发展了两个世纪前的德沙格(Desargue)的方法,完成了射影几何学的体系(并写成一本书)[6]。这是关于射影几何学的最早的、最全面的专著。

从1830年7月革命后的帝制时代(1830—1848)起,以巴黎高等工艺学院为中心的法国数学,它的数理物理学的豪华花朵便开始凋谢。1848年革命后的帝制时代(1848—1851)和第二帝国时代(1852—1870)是法国数学的相对低潮时期。屈指可数的仅有放射闪电般光辉的伽罗瓦(Galois)和为数学分析奠定严密基础的柯西(Cauchy)。新酒一定要用新瓶来装! 数学的花朵被移植到德国来了。

当时的德国——1834年1月,实现了德意志关税同盟,筑成了发展工业资本主义的广泛的基础。后进之国的德国形成了统一的商品市场,迈出了走向经济统一的第一步。不久莱茵和萨克森变成了德国经济的中心。在莱茵,以采矿业和冶金业为中心的巨大的重工业在成长,纤维工业又急遽地跃进。在1841—1850年这十年,重工业的生产是19世纪最初十年的6倍,德国的工厂中的工人数量增加了50万人以上。同时也不能忽视由法国占领军带来的自由精神[7]。1848年3月革命之后,开始了新德意志的资本主义时代。银行业的跃进,蒸汽机的迅速普及，以发展铁路为基础的重工业得到了发展。这样，到了19世纪50年代，从根本上便确定了德国将来可以赶上并超过先进的法国和英国的工业发展[8]。在政治方面，以普鲁士为首的德国统一了。1871年统一战争的胜利，可以说是近代德国在庆祝自己已经成人的仪式。在思想方面，对旧的封建制度来讲曾经是强有力的批判武器的合理主义与机械唯物论，和法国革命一道完成了自己的使命。这时，德意志古典哲学变成了思想界的先导。它的最高成就当然就是黑格尔的以矛盾为事物发展基础的关于辩证法的理论。强而有力的思维，从法兰西转移到了德意志[9]。

除了格丁根的高斯，还可以举出同时代的柏林银行家的儿子雅可比（Jacobi）关于椭圆函数论和函数行列式的功绩。雅可比在给勒让德（Legendre）的信（1830年7月2日）中反对傅里叶（Fourier），为了"人类精神的荣誉"，他做了关于纯粹数学的宣言。但是，傅里叶精神却还是愈来愈兴旺。由热传导的数学理论开始，把任意函数用三角级数表示出来的傅里叶方法，被狄利克雷（Dirichlet）所继承，他给出了关于傅里叶级数的收敛性的证明[10]。格丁根大学的传统，到黎曼（Riemann）手里便愈来愈巩固了（格丁根大学教授的席位：1855—1859，狄利克雷；1859—1866，黎曼）。1851年，黎曼在关于复变函数的学位论文[11]中导入了黎曼面的概念（25岁）。到了1854年，黎曼发表了两篇著名的教授就职论文(28 岁)。其一就是分析了将函数展开为傅里叶级数时的狄利克雷条件[12]，这导致了黎曼积分。另一篇便是探讨几何学的基础假说方面的论文[13]，他导入了流形的概念。据此，空间可以由它局部的性质来定义，可以从无限小时的状态来进行理解，这便从根本上改变了自欧几里得（Euclid）以来的空间概念[14]。这和在物理学方面，由于麦克斯韦（Maxwell）和法拉第（Faraday）的电磁学而改变了牛顿的空间概念，大体上是同时的。

在几何学方面，继彭赛列之后，在柏林由施泰纳（Steiner）继续发展了射影几何学。在解析几何方面，莱比锡的麦比乌斯（Möbius）应用重心坐标（齐次坐标），波恩的普吕克（Plücker）以几何光学或刚体力学为创作源泉。解析几何学中，把直线作为空间元素的直线几何学得到了发展。

由于几何学的发展，人们开始考虑图形可以动的情形，从而关于不变式理论的研究也开始兴起。在德国由于哈塞（Hasse）、阿龙霍尔德（Aronhold）、克莱布施（Clebsch）、哥尔丹（Gordan）等人的工作，在英国则由于哈密尔顿（Hamilton）、西尔维斯特（Sylvester）、凯利（Cayley）、萨蒙（Salmon）等人的工作，不变式理论得到了发展。以伽罗瓦关于方程解法为起点，经过约当（Jordan）的《置换群》（1870）而形成系统的有限群理论，和不变式理论牢固地结合在一起，为数学发展提供了强有力的武器。各种几何学、黎曼空间论、不变式论、群论——数学在要求着,终于要求着一种统一的原理。于是在这里出现的就是克莱因的《埃尔朗根纲领》。

三、克莱因的生平和成就

克莱因 1849 年生于德国莱茵河畔的杜塞尔多夫。1865 年,他 16 岁在杜塞尔多夫的高中毕业,升入波恩大学。

1849 年是《共产党宣言》写成后的第二年。大约十三年前,青年的马克思曾就学于波恩大学。从这也可以看出当时的波恩、莱茵一带的情况。工业跃进,受到法国革命的自由平等精神最强烈影响的,正是莱茵州。继 19 世纪 50 年代之后,在 60 年代,德意志经济快速地发展着,把落后的德意志的封建性深深地埋葬,赶上并超过了先进的英国和法国。以普鲁士为中心,德意志作为一个近代国家统一起来了。要注意到,克莱因正是在这样的德国、这样的莱茵州度过了他的青年时代。

继创立柏林大学之后,洪堡(Humbolt)又创立了普鲁士气象台(1847)。1860 年,柏林国立统计所创立;1867 年,德国化学会诞生。关于数学方面,《纯粹数学和应用数学杂志》(*Journal für die reine und angewandte Mathematik*)的创刊是在 1825 年。在其他国家,伦敦数学会诞生(1865),继而法国数学会诞生(1872)。再回到德国方面,不久,《数学年鉴》(*Mathematische Annalen*)也创刊发行了(1869)[15]。

1866 年,入学于波恩大学第二年的克莱因,便成了几何学者、物理学家普吕克的助手。从此他便开始研究几何学。普吕克利用点坐标和直线坐标证明了对偶原理,1864 年发表了《空间几何学的体系》[16],在这里他用 4 个独立的坐标给出了直线的解析表示,从而开辟了对高维空间进行解析方法处理的道路。1865 年,在普吕克和克莱因的讨论中,广泛的关于直线几何学的研究得以创立[17]。

1868 年 12 月 12 日,克莱因在波恩大学毕业。1869 年夏,克莱因在格丁根大学听了克莱布施的关于二次型不变式和光学的演讲。在一起听讲的人还有诺特(M. Nöther)。克莱因和克莱布施相交往,是为了整理老师普吕克的研究[18]。在同一年(1869 年)冬,克莱因还到柏林去听了斯托尔茨(O. Stolz)的关于非欧几何学的讲座。在当时的德国,和高斯、狄利克雷、黎曼之后格丁根的相对低潮相对照,柏林则正是由于有魏尔斯特拉斯(Weierstrass)、库默尔(Kummer)、克罗内克(Kronecker)等人而迎来了兴旺时期。在柏林,克莱因和从挪威来的李(Lie)相识(克莱因 22 岁,李 27 岁),两个人同时活跃于库默尔的讨论班。克莱因还听了克罗内克关于二次型理论的讲座,研究了数论,还和魏尔斯特拉斯相交往,讨论函数论的问题。波恩、格丁根、柏林时代,克莱因的研究对象是几何学,是不变式论。他写了一次和二次复变函数理论方面的论著[19]，在魏尔斯特拉斯的讨论班上，他还做了关于凯利二次绝对图形决定射影距离的报告[20]。

19 世纪 70 年代初，克莱因和李去了巴黎，在那里和达布(Darboux)、约当相交往。达布和李同是 27 岁。约当年长4 岁，是 31 岁。克莱因和李两个人的共同研究成果，由查尔斯(Charles)刊载在《周报》(*Comptes Rendus*)上[21]。约当的巨著《置换群》(1870)给他们二人以刺激。李发现了可以确立直线和球面、渐近线和球面关系的变换，从而创建了连续变换群论的基础；克莱因则把变换的理论同方程式论以及几何学联结在一起了[22]。

不久因普法战争(1870—1871)，克莱因回到德国。李则因间谍嫌疑的罪名在枫丹白露的监狱中度过四周之后，回到故乡诺威[23]。

巴黎的影响立刻就显现出来了。克莱因回国后的第二年——1871 年，1 月份获得了格丁根大学的教授资格，8 月份发表了《关于非欧几何学的统一的研究》[24]。这就把凯利的射影量和空间概念拓展为一般化，把欧氏几何、非欧几何在椭圆、双曲线、抛物线等几何学名目下统一起来了。翌年——1872 年，克莱因在埃尔朗根大学的就职演说中[25]，更把这一研究推向一般化和彻底化，这也就是所谓的《埃尔朗根纲领》。在《埃尔朗根纲领》中，克莱因用群的概念把各种几何学统一起来,并给出各种几何学的相应地位。每种几何学都和一种群相对应。所谓的几何学,就是探究在群进行变换时不变的图形性质的,即变成了关于这个群的不变式论。这时,克莱因才 24 岁。克莱因在《埃尔朗根纲领》中所使用的方法,在以后的数十年之中支配着几何学的研究方法。群论在数学领域中作为头等著名的角色而出现在第一流的舞台之上。

克莱因 20 岁刚过的这段时期,是其成果累累的研究时期。除了上述研究工作,陆续还有和李共同进行的关于库默尔曲面的主切线曲线的研究(1870),关于应用微分方程式的研究(1871),关于刚体力学和直线几何学关系的研究(1871),关于直线几何学基本定理的研究(1872),关于拓扑学的研究,等等。几何学成为克莱因的主要研究对象,并在其中应用了群和微分方程。在埃尔朗根大学期间,他还参加了《数学年鉴》(*Math. Annalen*)杂志的编辑工作。

埃尔朗根时期没能持续很久,继海赛(Hesse)之后,克莱因和布里尔(Brill)一道成了慕尼黑工业高等学校的教授。从这时起,除了几何学、代数学,函数论成了克莱因的主要研究领域。虽然有代数曲线奇点间关系的研究(1875)、正 20 面体的研究等,但大部分仍是关于椭圆函数、阿贝尔函数、微分方程式等方面的研究[26]。这种情况在下一时期——莱比锡时代(1880—1886)仍然得到继续,由唯一性定理的提出和对黎曼函数论的研究[27]而达到顶点。在这里，他把黎曼面的概念更进一步地具体化，从而使它得到了发展。克莱因由于自守函数的研究而与庞加莱（Poincaré）相竞争，也是在这个时候。

1882 年（33 岁）因健康受到损害而一度陷入危机的克莱因，在 1886 年（37 岁）时转移到格丁根大学。除了健康方面的考虑，他或许也向往着具有高斯、狄利克雷、黎曼传统的格丁根大学[28]。但是，他却离开了关于数学的创造性的研究，把重心移到了应用数学、制度研究和数学教育方面。作为莱茵地区的子孙，克莱因最后并没有仅仅只献身于纯粹数学的研究，"他的思想回到了作为莱茵地区的子孙的原来道路上去了"[29]。

在埃尔朗根大学当教授的时候，克莱因"碰到的是学生数量极少以及毫无研究风气的环境"[30]。1872 年 11 月克莱布施去世后，克莱布施的学生们转移到埃尔朗根来了。这也是因为克莱因"他那带有预言性质的学术感、构思的独创性、在别人研究所及的一切领域都能发现这些研究和他自己思想的联系这样一种惊人的能力……，以及向所有的学生显示和这种特殊才能相应的揭示主题的能力"[31]。

在埃尔朗根之后的慕尼黑时代，克莱因有两个课题：给工学院学生讲课，给教职候补者讲课。按慕尼黑工业高等学校的习惯，教职候补者是在专科学校进行学习的。克莱因和布里尔一起改变了教学计划,除了讲授四个学期以上的高等数学课程,对教职候补者还讲授其他的特别讲义。他的讨论班以椭圆模函数理论为中心,不仅有德国人参加,还有其他国家的人参加。克莱因本人对自守函数进行了深入的研究。1886 年,克莱因转到格丁根之后,他的活动便脱离了创造性的研究而向外界更广泛地发展了。这一方面是因为他的名声不仅在国内,在国外也很有影响,另一方面或许是他那很有魅力的讲义的缘故。他的讲义从不模棱两可,而是组织严谨,从而使创造性地处理所探讨的对象成为可能。这些讲义充满着明晰和优美。他那以统一的精神为基调的讲义,是非常受人欢迎的[32]。有几种讲义被内部刻印或公开出版了,它们流传广泛,以至现在我们还能看到它们[33]。除讲义之外,受人欢迎的还有讨论班。克莱因认为讨论班能够给学术研究以刺激。讨论班的主要课题通常是他正从事研究的问题。在讨论班上,他那丰富多彩的思想以及处理问题的方法便完整地传授给了学生。

克莱因自从转到格丁根大学工作之后,对应用数学更加关心了。1892 年,在克莱因指导之下,格丁根大学对数学、物理学的教育制度、教育计划进行了很大的改革。从此在格丁根大学纯粹数学和应用数学一道并立。当然这中间也不可忽视教育部长阿尔道夫(Althoff)的援助。1895 年,克莱因从柯尼斯堡聘来了 33 岁的希尔伯特(Hilbert)当教授。[自从

1885 年希尔伯特（23 岁）在莱比锡会见过克莱因之后，二人成了至交[34]。] 1902 年，克莱因又聘来了闵可夫斯基（Minkowski）。这样，格丁根就成了世界的数学中心。1900 年在格丁根留学的日本数学家高木贞治（Takagi Teiji）说："我为这里和柏林的完全不同而感到吃惊。这里是来自世界各国的少壮派的集合，实际上，这里是数学世界的中心"[35]。

1871—1900 年，德国资本主义力量之强达到了顶点，开始超过其他国家。"生产过程的集约化以及与此相联结的技术和自然科学领域中史无前例的进步——这正是德国资本主义唯一的力量源泉。……与此相对应，在社会和文化领域内，在大学和企业经营中对技术和自然科学进行了特别的奖励，设立了大规模的实验所和研究所，于是出现了在资本主义发展史上最好的企业家的类型，即企业家兼技术家，或是企业家兼化学家（西门子、德依姆拉等人）。在大学有亥姆霍兹和其他自然科学家们，他们成为把学问式的研究和将其成果与实用化联结起来的一个纽带"[36]。正是在这样时期的德国，作为莱茵工业区的子孙，克莱因的性格才有可能得到真正的发挥。对 19 世纪 90 年代初格丁根的学会组织、德国科学院组织、机械技术研究所以及应用电气研究所的建立，克莱因有效地运用了他从美国学来的私人资本家因科学研究而产生成效方面的知识。自 1895 年起，克莱因参与了《数学百科辞典》的编辑工作[37]。谢林（Schering）去世后，他更以老练的手腕着手于高斯遗著的刊行工作[38]。从 1902 年开始，克莱因参与了辛内伯格（Hinneberg）编辑的《现代文化》（*Die Kultur der Gegenwart*）的工作。8 年之间，他和迪克（Dyck）共同负责其中的数学部分。此外，他还长期在普鲁士贵族院中代表格丁根大学。

克莱因很早就梦想着纯粹数学和应用数学的统一。在慕尼黑工业高等学校时代，为教职候补者讲授的讲义中，就曾经包括画法几何学、统计学、力学等，但这一理想在他发起的数学教育改革运动中进一步表现出来[39]。由于克莱因的创议，1895 年新设立的数学和自然科学教育促进协会（Verein zur Förderung des Unterrichtes in Mathematik und Naturwissenschaften）的年会，在格丁根大学召开了。1898 年，克莱因创立了"格丁根应用数学和技术促进协会"[40]。在这里参加讲习班的教师们接触到了尖端的工业技术，应用数学和物理学教育和研究的丰富手段。从 1892 年开始，在格丁根大学召开的教员自然科学讲习班（两年召开一次）也包括了数学。1898 年，在更新了的"普鲁士高等学校教职考核测验规定"中，应用数学和纯粹数学独立出来了。作为大学的教材，应用数学也占据了稳固的地位。1900 年，在学校协议会上，克莱因主张强调应用数学的必要性，并要求在中等学校讲授微积分和解析几何的基础。这一要求得到豪克（Hauck）、斯拉比（Slaby）等人的赞同，成为数学教育改革的标志。克莱因在 1904 年的格丁根演讲中,主张函数概念必须成为数学教学的中心,后来它成为"函数的思考方法"这样一种口号而广泛渗透开来。在 1904 年"自然科学家布列斯劳会议"上的讲话中[41],克莱因曾对"大学数学教师只要注意一般教育学就可以了,而完全没有必要再去注意数学教育的方法"这种论调表示了遗憾。按这次"布列斯劳会议"的决定,他写了在翌年(1905 年)"米兰会议"上公布的《数学教学要目》(讲习班用),其要点是[42]:

(1)教材的选择、排列,应适应于学生心理的自然发展。

(2)融合数学的各分科,密切与其他各学科的关系。

(3)不过分强调形式的训练,实用方面也应置为重点,以便充分发展学生对自然界和人类社会诸现象能够进行数学观察的能力。

(4)为达到此等目的,应将养成函数思想和空间观察能力作为数学教授的基础。

在同一时期,由于 1901 年佩里(Perry)在英国学术协会上发表了热烈的讲演,翌年莫尔(Moore)在美国数学会上也做了长篇演说,他们都阐明了数学教育改革的必要性。这一运动在 1912 年以后也逐渐影响到日本[43]。

1908 年在罗马召开的第四届国际数学家会议上设立了

国际数学教育委员会(ICMI),克莱因被选为中央委员。在第五届国际数学家会议(1912年,剑桥)的国际数学教育委员会上,克莱因不仅是会议主席,同时做了德国分会的报告。需要巨大的耐心和能力才得以完成的这八大册的报告集[44],在很长时间里,成为数学教育全部努力的支柱,显示了第一次世界大战(1914—1918)德国数学教育的一般状况。

60 岁以后,克莱因再次开始数学研究的活动。以爱因斯坦的广义相对论、场论、量子论等为中心,这些研究除若干篇论文之外,在他所著的《19 世纪数学史讲义》第二卷中也有所收入。

1925 年,克莱因去世,享年 76 岁。晚年的克莱因是什么样子呢? 在维纳(Wiener)的会见记中出现的[45]"Herr Geheimrat"(顾问官阁下! 像英国获得"Sir"称号的科学家的那种尊严!)确实够令人注目的。但在克莱因的头脑之中,19 世纪和 20 世纪初的数学被他看成是什么样子了呢?

四、如何评价克莱因

首先,我们来看一下《埃尔朗根纲领》,它是因为"实质上统一的几何学,由于近来急剧的发展而分解成彼此几乎毫不相关的一系列分科"[46],因此有总括起来进行考察的必要而发表的。19 世纪前半叶关于几何学各分支的发展情况是:蒙日(1794)、彭赛列(1813)、麦比乌斯(1827)、普吕克(1834)、施泰纳(1833)、斯托德(V. Staudt)(1848)等人的综合几何学和解析几何学;高斯(1827)、黎曼(1854)的曲面论;罗巴切夫斯基(Lobatschewsky)(1829)、鲍耶(Bolyai)(1832)、黎曼(1854)的非欧几何学;哈密尔顿(1843)的四元数;格拉斯曼(Grassmann)(1844)的多次元空间几何学;由凯利、西尔维斯特、阿龙霍尔德、克莱布施等人发展起来的代数不变式论(1850—1870);还有李斯廷(Listing)(1847)、麦比乌斯(1863)、黎曼(1851、1857)等人发展起来的拓扑学[47]。《埃尔朗根纲领》应用变换群的概念,把这些几何学统一起来了。在《埃尔朗根纲领》中,第一章、第二章叙述了基本思想,第三章以下则具体展开叙述了射影变换群、点变换群、接触变换群等。在这里流形和变换群变成了基础。几何学所研究的就是"当给出流形及其中的变换群时,不因群的变换而改变的属于流形的图形的性质",换言之,"也就是关于这个群的不变式论"[48]。

和《埃尔朗根纲领》相类似的一些想法,在格拉斯曼那里已有些萌芽状态的思想[49]。流形的概念是由黎曼所创造的,也可以说它是和伽罗瓦、塞莱(Serret)、约当创立的群论巧妙地统一起来了。更正确些应该说这学习了伽罗瓦和约当把群论应用于方程式论的先例,而把群论应用于空间理论。正如克莱因自己也曾说过的那样,《埃尔朗根纲领》思想的形成受到李的思想影响很大[50]。凯利的影响也不容忽视。正如在大多数数学史著作中所见到的,单独地谈论《埃尔朗根纲领》容易招致误解,很有在发展的一系列进程中进行具体分析的必要。

《埃尔朗根纲领》的思想方法,支配了其后五十年间的几何研究[51]。但是现在我们已经知道,早在《埃尔朗根纲领》之前就已经存在了的黎曼几何学和黎曼空间的扩张等诸多空间——这些都是为了物理学的发展而产生的——都是《埃尔朗根纲领》思想框图之外的东西[52]。在嘉当(Cartan)、Schouten 的联络几何学中也显示出来了《埃尔朗根纲领》的局限性。

克莱因思想方法的一大特征在于相互渗透的各学科间的融合。不仅《埃尔朗根纲领》可以说是伽罗瓦(群)和黎曼(流形)的融合,他的自守函数也可以说是伽罗瓦(群)和黎曼(黎曼面)的融合。历史上最重要的函数——指数函数、椭圆函数、模函数——由于自守函数这一概念也归于群论支配之下。克莱因以单值化定理为其顶点的关于函数论方面的研究,是黎曼思想的一个发展,对当时还是很艰深的黎曼面的全面理解是非常必要的。此外,克莱因的关于二十面体的书[53],把几何学、代数学、函数论、群论等融合为一体,堪称是一曲由深刻关系而支配着的旋律谱成的交响乐。

第二,克莱因是一位历史学家。他把事物置于历史的浮雕中去观察。在这点上也可以说，他从爱把事物绝对化的数学家的盲目倾向中解放出来了。在第一次世界大战期间写作的《19世纪数学史讲义》中，克莱因着重阐明了数学发展的历史意义[54]。这部著作不单纯是数学事实的罗列。不仅在数学书中，在关于数学教育的书中，在他的许多著作中，都包含关于历史的考察。由于把数学放到历史中去考察，从而也就把它从孤立于文化之外的状态中拯救出来了。此外也还可以使人联想起他主管的《数学百科辞典》和《现代文化》的编辑等事例。

从这个意义上说，他后半生努力的方向转移到数学教育方面来，可以说是很必然的了。这是因为数学的发展不能脱离文化的发展，从而数学教育的健全发展就将成为这一切的基础。

第三，克莱因也是一个直观家。从抽象当中得到具体——这是他的座右铭。据说他经常喜欢谈论所谓"空虚的一般论"[55]。不是让群的概念抽象地去发展，而是应用于二十面体，从而更加透彻地解释了它的本质。在函数论的研究中，群论也起着支配的作用。虽然克莱因曾说过"高斯从小就精通计算，但也不仅限于计算，而是具有对计算的思想上的洞察能力"[56]，而他本人则把具体和抽象、计算和思考都结合在一起。

使数学和物理学结合在一起,也是和上述情况相关联的。物理学为数学提供直观的素材并给数学以强有力的刺激。观察一下 19 世纪的数学史,物理学对数学产生影响之大,使我们很吃惊。克莱因在叙述物理学对数学的发展所给予的影响时说:在巴黎高等工艺学院,光学、电磁学等物理学上的发现,对数学发展产生了巨大刺激。为什么呢?这是因为不断产生的新的思想和理论上的纠纷,都需要有数学的帮助"[57]。另一方面,在阐述黎曼的复变函数概念的小册子中[58],他指出在那些数学最难于捕捉得住的问题中,也可以看到物理学所给予的极其微妙的影响。在《19 世纪数学史讲义》中,他认为:"黎曼在研究函数论的时候,是从傅里叶热传导理论中引导出函数边值问题的方法",他还认为"黎曼理论的基本思想是从直观的物理的思想中产生的"[59]。其实,克莱因的几何学、函数论的基本思想,也来自直观的和物理的思想。

但是他这种直观的、具体的思想,大概也可以说限制了他的研究的发展。正当 1870—1880 年克莱因在格丁根研究函数论很有成就的时候,康托尔(Cantor)则是在个人遭遇十分不幸的情况下展开了集合论的研究,同时在戴德金(Dedekind)、克罗内克的研究中开始出现了抽象的、公理化的代数学的纲要。进入 20 世纪以后,由于希尔伯特等人的研究,公理的方法成了数学研究的基本方法。我们可以从

20 世纪最初 10 年间数学家们的一些工作中看出抽象化、公理化的方法在迅速地发展着,如希尔伯特的几何基础论(1899)和相对阿贝尔体(1902)、勒贝格(Lebesgue)的积分论(1901)、舒尔(Shur)的群指标论(1905)、弗罗贝尼乌斯(Frobenius)的有限群的表示论(1903)、策墨罗(Zermelo)的选择公理(1904)、罗素(Russel)的数学原理(1910)、韦德伯恩(Wedderburn)的多元数构造(1907)、弗雷歇(Fréchet)的抽象空间论(1906)、斯坦尼兹(Steiniz)的抽象域论(1910)、外尔(Weyl)的维数论(1911)等。但是对公理化方法的兴旺发达,克莱因似乎并不感兴趣。在《19 世纪数学史讲义》中,他对集合论毫未述及,同时却对韦伯(Weber)、诺特、庞加莱等人关于阿贝尔函数的非常出色的研究没能给人们留下深刻印象而感到忧虑。他曾用下面的话开始了他的《19 世纪数学史讲义》:"和在其他科学中所发生的一样,在数学发展过程中也可以看到同样的过程。当新的问题一旦从内部或外部产生之后,它便对青年研究工作者进行刺激,促使他们放弃老的问题。但是因为老的问题已经不知被人们研究了多少次,所以这些老的问题要求很大范围的支配权。青年人转向那些几乎还没有被研究、几乎还不具备任何预备知识的问题,以形式的公式主义或集合论等问题为研究对象是不合适的"。[60]克莱因很讨厌由于公理主义而产生的理论方面的尖锐化。"他的思想妨碍了使公理主义成为具体的数学研究的工具。……他满足于由应用数学而必须架设起来的在理论和实践间进行比较和对照的桥梁"[61]。他也说过:"黎曼满足于有三个特异点的二阶微分方程式。这不仅是因为他没有研究高次的情况,而是因为他对自己是忠实的,从而不去采取那种形式上的避难所"[62],他这些话的意思并不只是在说抽象的形式等于不可能有所收获的不毛之地,而且也说明他仅是满足于数学各种事实之间的相互比较和相互关联。他再从这些比较中,提炼出与各种事实都相关联的那些具有基本意义的东西,从而使对各种事实进行统一的观察成为可能。但从此他也就没有能再前进一步。正因为公理化的方法是进行数学研究的有效武器,因而它也就变成了进行现代数学研究的基本方法。从对具体对象的分析和使其普遍化开始,直到特殊化和进行综合的研究为止,作为一种认识的方法,公理化方法是强而有力的并且是具有创造性能力的[63]。没有能看透这个问题的本质,这正是克莱因的局限性。

克莱因寻求的并不是哲学而是经验。他认为"马赫(Mach)是这一方面的优秀代表,他今天依然停留在那些从公正的经验的立场出发已经开始成为问题的、狭隘地约束于经验主义和心理学的当时的信条(dogma)之中"[64]。关于高斯的非欧几何学,克莱因则认为:"高斯是站在经验主义立场之上的。经验主义认为:空间存在于吾人之外并具有一些我们需要研究的固有性质。至于哪种几何学具有现实意义的问题，则应该由经验来决定"[65]。毫无疑问，并不能认为克莱因是忽视理论的，而只能说他比较重视实验和经验。此外，对戴德金所引入的具有划时代意义的理想数，克莱因采取了冷淡的态度[66]。对和公理主义一起产生的抽象的群的概念，他写道："最近一些数学家，当然他们都是比较正确的，可是却出现一些褪了色的定义。他们已经不是在叙述运算的体系，而只是叙述关于'物'或'元素 A、B、C……'的体系"[67]。在给出了抽象群的定义之后，他又写道："幻想曲一般的叙述，至此就都退避开了。代之而行的则是对逻辑的骨架进行极为细致的解剖和剔取。……这种抽象的规范化，对完成证明来说是非常好的，但对发现新思想和新方法来说，则是完全不适当的。也就是说，在发现新思想和新方法之前已经显示出发展已经结束"[68]。在这里，克莱因把公理的方法单纯看成事后处理的一种方法了。当然，直观的——物理的思想方法是强而有力的，这一点我们不应忘记（请看一看黎曼！），但是，克莱因对公理主义的评价却全然是片面性的。对 1897 年希尔伯特的代数数域论，虽然做出了"这不仅是把迄今为止的数学重新建筑在更为简单的基础之上，而且还提出了新的问题"[69]这样的评价，但对从数体论得到的公理方法的本质，他却没能读懂。

实证主义的基本特征是：第一，它是一种认为认识必须以经验为基础的学说，也就是说，它对建立思辨的体系是反对的；第二，虽然它认为认识必须以经验为基础，但那也只不过是为了能够在把观察结果互相关联在一起并能在预言一些结果方面起些作用。实证主义主张：反映独立存在于经验以外的客观实际是不可能的[70]。对作为工具的变换群，克莱因可以很有效地加以利用，但当作为客观实际（当然是抽象了的实际），群的结构成了问题的时候，他就把它看作褪了色的东西而不再理它。克莱因的思想基本上是带有实证主义的特征的。科学并不能提供对客观世界的认识，科学是由一些能够把观察结果相互联系起来而使用的公式和法则构成的。这就是实证主义的科学观。毫无疑问，《埃尔朗根纲领》对人们产生了很大的影响，但它并没能统管一切几何学。这大概不能不说是因为对"群""集合"等数学的实际概念分析得还很不够的缘故。以一个分支领域中最基本的命题（公理）为基础，再根据逻辑的原则来建立概念的骨架——这个方法就是希尔伯特所说的公理化的方法[71]。但要想区分哪些是基本命题，哪些不是基本命题，则必须对那些对象进行深入的、本质的分析。请观察一下最基本的数学实体——实数。实数集合，从代数的角度看，它呈现出群、环、体等不连续的侧面；从拓扑的角度看，它是"紧集"，则又呈现出连续性的一面。把连续性和不连续性两个方面的性质统一在一起，这就是实数的集合。为了数学理论的发展，把连续性和不连续性两个方面分别开来，再从各自不同的角度分析了对象的性质之后，还必须掌握把两个方面统一起来研究对象的性质。这里，对客观对象的本质的分析是很必要的。把群仅仅看成是进行工作时所用的工具，克莱因的思想并没有发展到如上所述的地步。

克莱因是一位卓越的数学家，但也可以说他是 19 世纪的数学家，而不是现代的数学家。克莱因和希尔伯特的不同之处也正好是在这里。

在我们做如此之想的同时，不能不注意到在他去世前数月，维纳和他会面时，作为枢密院顾问官阁下（Herr Geheimrat）的克莱因。在 1871—1900 年，达到高峰并开始超过其他国家的德国资本主义，仍然带有封建性的内核，不久就变成了帝国主义。1878 年，俾斯麦声明转向《保护关税法》，从而推进助长了大农业经济和重工业发展的政策，同年宣布了《社会民主党镇压法》，在教育方面发布了"学校维持法"（1906），又恢复到 18 世纪末的教育政策。这样，经济、政治、文化教育形成一体，把德国推向第一次世界大战——而经过大战，德国封建的、官僚的文职官员阶级仍然未能消灭。经过 1919—1923 年的通货膨胀，法西斯主义从中抬头。大概可以说，"枢密院顾问官阁下"克莱因思想的局限性，也和如此这般的德国是联系在一起的吧。

注　释

[1] D. J. Struik：*A concise history of mathematics*，201-203 页有简洁的说明.

[2] クチンスキー：ドイツ经济史(高桥，中内译)，33 页.

[3] クチンスキー：上述书，17 页.
关于康德、歌德、黑格尔，参见ソーリング：ドイツ社会文化史(栗原译)，182-211 页.

[4] *Géométrie discriptive*(1768—99).

[5] *Application de l'analyse à la géométrie*(1809).

[6] *Traité des propriétés projectives des figures*(1922).

[7] クチンスキー：上述书，64 页.

[8] クチンスキー：上述书，82-91 页.

[9] 近藤洋逸：数学思想史序说，64 页.

[10] *Darstellung willkürlicher Function durch Sinnesreiche* (1837).

[11] *Grundlagen für eine allgemeine Theorie der Funktionen einer veränderlichen complexen Grösse.* (Göttingen，1851).

[12] *Über die Darstellbarkeit einer Funktion durch eine trigonometrische Reihe*(1854).

[13] *Über die Hypothesen welche der Geometrie zu Grund liegen*(1854). 此论文均载于《黎曼选集》(Dover，纽约，

1953).

［14］リーマン:《关于几何学基础的假说》(菅原译,弘文堂),
其中 Weyl 写的序言,第 7 页.

［15］平凡社《理科事典》第 19 卷"科学技术史年表",以及小
堀宪:《数学史》208 页.

［16］A. Voβ. *Felix Klein als junger Doctor*,载于《Die
Naturwissenschaften》1919,H. 17,S. 280. 关于克莱因
的生平多系根据在他 70 岁纪念时载于《Die Naturwis-
senschaften》专辑中的 A. Voβ 所写的论文,以
及 R. Fricke的论文,关于数学教育运动则多采自
H. E. Timerding所写的论文.

［17］正确的提法是"*Neue Geometrie des Raumes,gegründet
auf die gerade Linie als Raumelement*".

［18］A. Voβ 的上述论文("*Felix Klein als junger Doc-
tor*"——译者),S. 281.

［19］*Zur Theorie der Linienkomplexe des I und des 2.
Grades*（Göttinger Nachrichten,1869 及 Math. Ann.
Ⅱ,1870).

［20］A. Voβ 的上述论文(文献［16］的论文——译者),
S. 282.

［21］*Sur une certaine famille des courbes et des surfaces*. 这
是柏林时期研究的成果.

［22］*Über eine geometrische Repräsentation der Resolventen algebraischer Gleichungen*，见 Math. Ann. Ⅳ，1871.

［23］关于在巴黎时期两人活动的情况，在 Elie Cartan：*Un Centenaire Sophus Lie*（载于 F. L. Lionnais：Les Grands Courants de la Pensée Mathématique）中有简单记述.

［24］*Über die sogenannte Nichteuklidische Geometrie* (Göttinger Nachrichten，1871).

［25］"*Vergleichende Betrachtungen über neuere geometrische Forschungen*"是它的题目，1872 年在埃尔朗根出版，后载于 Math. Ann. 43 卷(1893).

［26］关于这些研究，"Die Naturwissenschaften"特辑号上有论文目录.

［27］Klein：*Über Riemann's Theorie der algebraischen Funktionen und ihrer Integrale*(Leipzig，1882).

［28］Fricke：*Felix Klein zum* 25 *April* 1919，*seinen siebzigsten Geburtstage* (Die Naturwissenschaften 特辑号所载)，277 页.

［29］Timerding：*Felix Klein und die Reform des mathematischen Unterrichts*(Die Naturwissenschaften 特辑号所载)，303 页.

［30］Fricke：上述论文(参考文献［28］——译者)，277 页. 据说由一位教授以 1～2 名学生为对象进行讲课并不

少见.

[31] A. Voβ 的上述论文(参见文献[16]——译者),286 页.

[32] Fricke：上述论文(参见文献[28]——译者),277 页.

[33] 举出此类书籍的书名有：

 • *Nicht-Euclidische Geometric* Ⅰ (1888—90)， Ⅱ (1890).

 • *Höhere Geometrie* Ⅰ (1891—92)，Ⅱ (1893).

 • *Riemannsche Flächen* Ⅰ(1891—92)，Ⅱ(1892).

 • *Über die hypergeometrische Funktion*,1893—94.

 • *Lineare Differentialgleichungen der zweiten Ordnung*,1894.

 • *Ausagewählte Kapitel der Zahlentheorie*, Ⅰ (1895—96)，Ⅱ (1896).

 • *Anwendung der Differential und lntegralrechung auf Geometrie*,*eine Revision der Prinzipien*,1901. *Elementarmathematik vom höheren Standpunkte aus*, Ⅰ (1908)，Ⅱ (1909).

 • *Ausgewählte Kapitel aus der Theorie der Linearen Differentialgleichungen Zweiter Ordnung*, Ⅰ. (1890—91)，Ⅱ (1891)

 • *Die Entwicklung der Mathematik im 19 Jahrhundert*,Ⅰ (1926),Ⅱ (1926—27).

[34] O. Blumenthal：*Lebensgeschichte*（载于 D. Hilbert：Ge-
sammelte Abhandlungen Ⅱ）在 392-401 页有克莱因和
希尔伯特交往关系方面的记述.

[35] 高木贞治：近世数学史谈，192-193 页.

[36] クチンスキー：上述书，108 页.

[37] *Enzyklopädie der math. Wissenschaften mit Einfluß
ihrer Anwendungen*，1 卷，数论、代数（1907—08）；2 卷，
解析（1907—08）；3 卷，几何（1907—08）；4 卷，力学
（1907—17）；5 卷。

[38] Gauss' Werken，第 7 卷（1906），第 8 卷（1900），第 9 卷
（1903），第 10 卷（1917），Leipzig，Teubner.

[39] 关于数学教育部分，材料多取自 Timerdig 的
论文.

[40] 正确的应是在 Göttinger Vereinigung der an-
gewandten Physik 之后加上 und nagewandten
Mathematik.

[41] 收入 Klein 和 Schimmack：*Der Mathematische Unter-
richt an den Höheren Schulen*，Ⅰ，193-207 页.

[42] ペリー，ムーア：数学教育论（锅岛译）的附录，94-95 页.

[43] 1918 年 12 月由中等教育会主办，在东京高师举行了
"全国数学教师协议会"，讨论了重视函数概念、图像
的讲授和实验实测的引入等。（ペリー，ムーア：上述
书，102 页）.

[44] 第 1 卷（1908—13），第 2 卷（1910—13），第 3 卷（1911—
16），第 4 卷（1910—15），第 5 卷（1912—16），第 6、7、8
卷的刊出时间未考（Leipzig，Teubner）.

[45] ウイーナー：サイバネテイックスはいかに生れたか

（镇目译），60 页．

[46] Klein：*Vergleichende Betrachtungen über neuere geom-etrische Forschungen*（1872），4 页．

[47] C. Carathéodory：*Die Bedeutung des Erlanger Pro-gramms*（Die Naturwissenschaften 特 辑 号 所 载 ），298 页．

[48] Klein：上述书，7 页．

[49] Klein：上述书，39 页．

[50] Klein：上述书，4 页、23-28 页、32-36 页、39 页，以及 E. T. Bell：*Development of Mathematics*（1940），397 页．

[51] 50 年的数字是根据下列书籍：H. Weyl：*Felix Klein's Stellung in der mathematischen Gegenwart*（Die Naturwissenschaften，1930，H. 1）第 6 页，或 Bell：上述书，第 10 页．

[52] ヴエブレン・ホワイトヘッド：微分几何学基础（矢野译）第 32 页及 Weyl：上述论文第 10 页．

[53] *"Vorlesungen über das Ikosaeder und die Auflösung der Gleichungen vom fünften Grade"*. Leipzig Teubuner，1884.

[54] 在《科学史研究》12 号（1949），139-141 页上有远山启的介绍．

[55] 高木贞治：上述书，201 页．

[56] Klein：*Vorlesungen über die Entiwicklung der Math. im 19 Jahrundert*，31 页．

[57] Klein：上述书，67 页．

[58] *"Über Riemanns Theorie der algebraischer Funktionen*

und ihrer Integrale"(1882).

[59] Klein:上述书,262 页.

[60] Klein:上述书,312 页.

[61] Weyl:上述论文,7-8 页.

[62] Klein:上述书,270 页.

[63] 近藤洋逸:数学思想史序说,215-228 页.近藤洋逸:フー
リエ的精神とセコビ的精神("思想"284 号,1948),
34-35页.

[64] Weyl:上述论文,5 页.

[65] Klein:上述书,117 页.

[66] Klein:上述书,323 页(此处据近藤上述书转引,34 页).

[67] Klein:上述书 335 页(此处据近藤上述书转引,34 页).

[68] Klein:上述书 335-336 页(此处据近藤上述书转引,
34 页).

[69] Klein:上述书,330 页.

[70] コンフオース:哲学の拥护(花田译)8 页.

[71] 参照ヒルベルト:公理论的思想(载于ヒルベルト《几何
基础论》(中村译)的附录 216-236 页).

附录2　格丁根的数学传统[①]

袁向东　李文林

格丁根(Göttingen)是德国的一座历史悠久的大学城,在现代科学史上占有重要地位,尤其是格丁根的光辉数学传统,深刻地影响了现代数学的发展。现在本文就格丁根数学传统的形成背景、发展过程、主要特征,以及格丁根数学的衰落,做一初步的、历史的分析。

一、18 世纪德国学术一瞥

18 世纪的德国,落后的经济、政治与繁荣的文学、艺术和哲学(包括自然哲学)形成了鲜明的对照。历史学家们认为,这种社会状态是由德国资产阶级的特殊状况造成的。当时的德国资产阶级反对封建专制统治,想变革德国的现状,但又缺乏力量和勇气,所以不敢采取任何实际的革命行动,而只是用抽象的思维活动陪伴着欧洲其他国家资产阶级的革命活动。

---

① 本文原载《自然科学史研究》,1982 年,第 1 卷,第 4 期。

德国的科学经开普勒（Kepler，1571—1630）时代的繁荣之后长期停滞不前，到 18 世纪下半叶开始复苏时，它是跟思辨哲学紧密相连的。当时出现了一批才华横溢的自然哲学家，他们在实验科学无法科学地解释自然现象及其相互之间的联系时，以抽象的思辨原则为基础，提出了颇有系统的关于自然界全貌的理论。用想象来填补实验科学的空白容易导出虚妄之说，但由于他们特别擅长使用分析事物内部矛盾的方法去研究事物，因而产生了不少天才的思想。康德（Kant）的《宇宙发展史概论》（1755）就是一例。他在此书中认为，对立的引力和斥力的相互作用是万物存在的条件，提出有关宇宙起源的星云假说，突破了过去几个世纪中占统治地位的形而上学思维体系，有力地推动了辩证自然观的形成和发展。

但是，许多自然哲学家的认识论却属于唯心论的范畴。康德一面承认在人类意识之外存在一个实物世界——"自在之物"，一面又声称这个"自在之物"是不可认识的、超验的，因而人类的知识并非导源于经验，而是先验的。他举出欧几里得几何公理和数的概念作为"先验"知识的范例。德国诗人兼自然哲学家歌德（Goethe）形象地刻画过自然哲学家内心的矛盾："我们固然承认我们离不开日夜区分、季节变换、气候影响……但我们内心里仍然感到有某种像是完全自由的意志,同时又有某种企图平衡这种自由的力量。"①德国思想界流行的这种思潮,对暂时看不到跟实际联系的高度抽象的纯粹数学的兴起,无疑是一种适宜的气候。

现在来看看德国的数学。自莱布尼茨(Leibniz,1646—1716)之后,德意志民族在数学舞台上默默无闻,康德可谓是再次唤起他们重视数学的先导。康德对数学是熟悉的,在1770年至1797年,他在哥尼斯堡(Königsberg)大学既讲哲学又教数学。在《纯粹理性批判》中,康德写道:"首先,我们必须认识到,数学命题永远是先验的判断而非经验的判断;因为它们本身的必然性质绝不能从经验推演出来。……不言而喻,恰恰就是那些纯数学概念,的确不曾蕴含经验而仅是纯粹先验的知识。"这种观念与当时流行的看法是相反的。

众所周知,18世纪的数学家们深深扎根于天文学、力学、工程学的土壤中,微积分这件虽不完美但却实用的武器,使他们获得了丰富成果。人们不大关心纯粹数学和应用数学的区分。但到了18世纪晚期,由于过分地把数学的发展跟力学、天文学的发展视为一体,不少数学家觉得数学领域的工作已接近穷竭。实际上,数学的发展已在其内部积累了足够多需要系统化和精确化的问题,自然科学也突

① 见斯蒂芬・F.梅森.自然科学史(中译本).上海:上海人民出版社,1977:326.

破了机械力学而跨入了流体力学、电和磁的领域。康德的上述观念，从认识论的角度看是唯心的，但对于脱开实际对象，从数学内部提出问题开展纯数学研究来说，却起了催化剂的作用。

另一方面，康德以数学知识的先验性为依据，强调在一切自然科学中应用数学的重要性。他在《自然科学形而上学基础》中说："我认为，每一门科学唯有当它进入数学的范畴时才成为真正的科学，……凡有确定对象的纯自然科学（物理学或心理学），只有依靠数学才能加以研究……。"可见，他是把数学和一切自然科学紧紧联系在一起的。

康德的哲学，在德国流传极广，影响很深。19 世纪的德国数学家大都受其熏陶。格丁根数学传统的确立和发展自然也受到康德哲学思想的影响；不过它吸取了其中合理的因素，而剔除了知识先验性的糟粕。

二、格丁根数学传统的起点——高斯时代

1795 年，18 岁的卡尔·弗里得利希·高斯（Carl Friedrich Gauss，1777—1855）到格丁根大学深造。在此之前，他已独立发现了许多初等几何、代数、数论和分析中的重要定理，包括素数定理和二次互反律。入学后，他不仅仍长于发现，而且着力于严格的证明。比如，他给出了代数基本定理的第一个严谨的证明，严格导出了可用圆规直尺做正多

边形的条件,彻底讨论了割圆方程,引入了模整数同余的概念,证明了二次互反律……。在研究中,高斯将欧几里得在几何中的严格精神导入数论、代数和分析。对于证明,他强调简明性和优美性。1817 年 3 月,高斯回顾二次互反律的七种证明之一时说:"高级算术①的特点是:通过归纳能愉快地发现许多最漂亮的定理;但要证明它们……常常要经过多次失败,最终的成功则依赖于深刻的分析和有幸发现的某种结合……数学这一分支中不同理论之间的奇妙结合。……"他进而认为,即使你已经得到一个证明,但"就高级算术而论,你绝不能以为研究已告结束,或把寻找另外的证明当作多余的奢侈品。有时候,你起初并没得到最美和最简单的证明,而恰是这种证明才能深入到高级算术之真理的奇妙联系中去。这是吸引我们去研究的主要动力,并常能使我们发现新的真理。"②这里,高斯道出了纯数学研究的一个基本思想,即寻找数学内部蕴涵的本质联系是研究数学的一个目标,而且是获得新真理的重要途径。

高斯的科学素养是双重的,他的《算术研究》和成功地预测第一颗小行星位置的创举,使他在纯粹数学和应用数学领域中都享有崇高的荣誉。高斯一生中从事了天文学、

---

① 指现在所称的数论。

② 引自 C. C. Gillispie. Dictionary of Scientific Biography. New York: Charles Scribner's Sons, 1970, 5: 299.

大地测量学、地磁学、力学、屈光学和其他物理学的实验及理论研究,通过这些研究,他又建立了像曲面的内蕴几何学、位函数理论这些重大的数学理论。56 岁时,他还跟韦伯(Wilhelm Weber,1804—1891)合作发明了电报。正如数学史家斯特洛伊克(Struik)所说,高斯在他自己的活动领域中,以最强有力的方式表达了他那个时代的新观念①。如果说康德站在哲学的山巅从理念上把数学捧为一切科学真理的化身,那么,高斯是用具体和切实的创造性工作,使人们真正体验到纯粹数学的广阔前景和应用数学的无比威力。

应该指出,高斯的数学观已在康德的观念上前进了一步,他否认全部纯数学知识的先验性。在数论领域,他继续追随康德,承认"数只是我们心灵的产物";在几何领域,他否定了康德,认为"空间确实具有超乎我们心灵以外的实在性,我们不能把它的定理说成是先验的"②。高斯的这种看法可能跟他发现非欧几何有关:既然能把欧几里得几何中的一条公理改成相反的内容而导出同样和谐一致的几何,那么哪一种几何该被说成是关于同一空间表象的先验知识呢? 只有用实验才能检验!

----

① 见斯特洛伊克.数学简史.北京:科学出版社,1956:120.
② 引自 C. Reid. Hilbert. Springer verlag,1970:16-17.

三、格丁根数学传统的发展
——从狄利克雷到黎曼

格丁根有了高斯这位数学伟人,本有可能以他为中心形成一个群星灿烂的数学王国,但事实并非如此。他不喜欢教书,他的保守倾向和民族主义又阻碍了他同其他数学家们进行交往,因而置身于一般的数学活动之外。因此,他的学生也就不得不另求名师:如狄利克雷(Peter G. Lejeune Dirichlet,1805—1859)远去巴黎求教于傅里叶(Fourier)、拉普拉斯(Laplace)、勒让德(Legendre)和泊松(Poisson);雅可比(Carl Jacobi,1804—1851)留在柏林,独自苦读欧拉、勒让德的著作;晚一辈的黎曼(Bernard Riemann,1826—1866)则投奔柏林的雅可比等人。在这种情况下,高斯的研究成果对当时数学界的影响就不能不受到一定的限制。不过,话虽如此,由于他的著作和一些书札中所体现的深刻思想,他对德国的科学发展仍然起到了不可忽视的重大作用。

1855 年,高斯去世,狄利克雷继任格丁根大学数学教授。狄利克雷和雅可比是密友,他们在创造性的数学研究中追随着高斯,在数学教育方面的成就还大大超过了高斯。前者曾在柏林军事学院执教 27 年之久,引导德国青年进入纯数学领域;后者则是第一个创办数学讨论班这一新鲜事物的数学家。

狄利克雷在格丁根的继任人是天才而多病的黎曼。黎曼的研究风格更倾向于概念化而非算法化,对现代数学的影响不下于高斯。他的研究成果,例如将拓扑观点引入函数论,阐述数学物理中的位势理论,提出几何分类和建立新几何空间的统一原理,对 ζ-函数非实数零点的猜想等,都反映了现代数学中必不可少的重要概念、方法和问题。毫无疑问,他是一位伟大的纯粹数学家;但他同样"深深地关心着物理以及数学跟物理世界的联系。黎曼写过有关热、光、气体理论、磁、流体力学和声学方面的论文。他关于几何基础的工作是为了弄清楚有关物理空间的知识中哪些是绝对可靠的。……据克莱因(Felix Klein,1849—1925)考证,黎曼的复变函数思想似乎是在研究电流沿平面流动时提出的。"[①]黎曼还发表过关于应用数学的精辟见解[②]。

狄利克雷和黎曼虽然在格丁根推进了高斯的事业,但同样未能给它带来黄金岁月。这跟德国当时的整个数学水平有关。19 世纪上半叶,德国数学摆脱了落后局面,产生了像高斯、黎曼这样的数学家,但就一般水平而言仍不及法国。形势的根本改观发生在 19 世纪下半叶。

现在,让我们回顾一下 19 世纪 80 年代前,德国数学家在

---

① 见 Morris Kline. Mathematical Thought from Ancient to Modern Times. Oxford University Press,1972:655-656.

② 参阅 R. E. Moritz. On Mathematics and Mathematicians. Mason Press,1942:239.

欧洲数学发展中的作用。一般认为非欧几何、群论和分析的严格化是 19 世纪三项最重大的数学成就。高斯最早看出了欧几里得平行公理的独立性,但他的保守倾向使他不愿发表这一革命性的学说。俄国的罗巴切夫斯基(Лобачевский,1792—1856)和匈牙利的鲍耶(J. Bolyai,1802—1860)分别于 1830 年和 1832 年公开发表了非欧几何著作,但在当时并未引起充分重视。最先理解其全部重要性的科学家是黎曼,他创立的包含各种非欧几何的统一的黎曼几何,使数学思想的这场革命逐渐获得公众的承认。群论的创始人是法国的伽罗瓦(Evariste Galois,1811—1832),他的著作于 1846 年由刘维尔(Joseph liouville,1809—1882)发表,而群论的威力和地位是经由法国的约当(Camille Jordan)、德国的克莱因和在德国当了 12 年教授的挪威人索福斯·李(Sophus Lie)的工作最终确立的。至于分析的严格化,始于法国的柯西(Augustin-Louis Cauchy,1789—1857),完成于德国的魏尔斯特拉斯(Weierstrass,1815—1897),后者被誉为"现代分析之父"。我们把斯特洛伊克的名著《数学简史》中 18 世纪、19 世纪两章中列名的德、法两国数学家人数做一比较(表 1),也很耐人寻味。这不仅反映了 19 世纪数学蓬勃发展,数学家人数剧增的情况,而且清楚地说明,德国数学在高斯之后已赶上并开始超过法国。经 19 世纪前七八十年的发展,德国科学已处于普遍高涨的状态;数学方面也奠定了雄厚的基础,在几何、代数、数论、分析等各分支领域中出现了不少数学家。但是,这批数学家分散在德国各地的大学中,一般都专攻自己较窄的专业。当此时机,要创建一个人心所向的数学研究中心,关键就在于是否有适当的领头数学家了。正是在这种情况下,格丁根迎来了光辉的克莱因-希尔伯特(D. Hilbert,1862—1943)时代。

表 1   18 世纪、19 世纪德、法两国数学家人数比较表

国家	人数			
	18 世纪	19 世纪	19 世纪上半叶 (1830 年以 前出生者)	19 世纪下半叶 (1860 年以 后去世者)
法国	6	29	20	15
德国	0	28	16	24

四、格丁根数学的黄金时代

(一)克莱因的理想

1886 年,克莱因受聘来到格丁根大学。当时,他曾同时收到美国霍普金斯大学的聘书。克莱因因神往高斯、黎曼的伟大传统,毅然选择了格丁根大学,并决心按照这一传统把格丁根建设成欧洲的学术中心。

克莱因的科学成就使他具备了担当这一重任的资格。他 23 岁就任埃尔朗根大学数学教授,并发表了著名的《埃尔

朗根纲领》,首次提出将各种几何看作各种群的不变量的理论,揭示了似乎极不相同的几何之间的统一形式,引起了数学观念的深刻变革。他还和法国数学家庞加莱(H. Poincaré)各自独立地创立了自守函数理论。单是这两项工作已足以使他在科学界享有殊荣,何况他的工作广泛涉及数论、代数、几何、函数论、不变量理论以及应用数学等广阔领域。

如果克莱因像高斯一样只关注个人的数学创造,那他就不可能从根本上改变格丁根的面貌。幸好,克莱因的创造天才同组织能力完美地融为一体,他洞察到了时代赋予数学的重任,在格丁根进行了一系列科学组织活动,这对格丁根数学的繁荣有特殊的意义。

1.罗致和提拔人才,建立实力雄厚的数学教授班子

最早被克莱因选中,也是最重要的年轻数学家是希尔伯特。1888 年,26 岁的希尔伯特用非构造的存在性证明,解决了困扰代数学家达 20 年之久的"果尔丹问题"。当时有人称他的方法是"神学"而不予接受;目光敏锐的克莱因一眼看出了这个青年不同寻常的数学才华,热情地称道他的方法"非常简明,在逻辑上是不可抗拒的"。克莱因还亲自把希尔伯特的论文带到国际会议上去推荐。1895 年,正好是高斯到达格丁根大学后的第一百年,希尔伯特被克莱因请到了高斯的大学。后来的事实证明,此举对格丁根有不可估量的意义。

在德国,大学教授数目是固定的。克莱因为了广揽人才,利用个人影响,使教育部同意在格丁根采取增设数学教授席位的非常措施。于是,闵可夫斯基(Minkowski)调来了。他使格丁根继高斯之后又取得了世界数论研究中心的地位。闵可夫斯基还为相对论的数学表述奠定了基础,爱因斯坦说"闵可夫斯基第一个认识到空间和时间坐标形式的等价性,并使它们可以用来发展相对论。"[1]1904 年,也是经克莱因的努力,格丁根又设立了德国大学中第一个应用数学教授席位,以谱线测量闻名的物理学家尤格(Carl Runge)应邀就任,他后来在解析函数多项式逼近论方面著称于世。

2.创立数学研究所

1922 年前,德国大学中的数学和自然科学教授均隶属于哲学系教授会,这不利于数学研究的发展。从 1914 年起,克莱因就向教育部提出申请,要求筹建专门的数学研究所,并获得批准。由于第一次世界大战的影响,这项计划直到 1929 年才最终完成。

3.创立格丁根应用数学和技术促进协会

该协会由科学家和经济界领导人(包括经济学家和工业家)联合组成,这是科学史上第一个把科学界同经济界联系起来的组织。普鲁士教育部主管人阿尔道夫、斯密特·奥托

---

① 见赵中立,许良英.纪念爱因斯坦译文集.上海:上海科学技术出版社,1979:119.

是协会的支持者。在协会协助下,格丁根大学成立了一系列科学技术研究所,如航空和流体力学研究所、应用电学研究所、地球物理研究所等,它们成了后来美国在大学周围建立科学技术复合体的楷模。

4.组织科学教育改革和普及数学知识

克莱因亲自参与制订改进和扩大德国中学科学教育的计划,提倡第一流数学家向非数学专家做通俗讲演,组织编纂三十卷的数学辞典,以提高全社会的科学与数学水平。

克莱因的工作促成了格丁根的学术繁荣,但他也存在某些弱点。学术上,他的综合能力有余,分析能力不足;他善于居高临下发现新大陆,但缺少深入开发的耐心。作风上,他往往使人感到过于威严而难于无拘束地交往。特别到晚年,学生们甚至把他比作"远在云端的神"。因此,如果没有希尔伯特的工作,克莱因将格丁根建成欧洲数学研究中心的理想,也许不会那样成功。

(二)希尔伯特的贡献

希尔伯特具有与克莱因不同的风格。

希尔伯特典型的研究方式是直接攻克数学中的具体问题,从中寻找带普遍性的方法,开辟新的研究领域。为了理解他对现代数学的影响和他给格丁根带来的科学魅力,我们需要简单列举他在数学方面所做的工作。

1. 彻底解决代数不变量问题（1888—1893）

希尔伯特采用直接的、非算法的方法，证明了不变量系有限整基的存在定理（果尔丹问题）。这一革命性方法"预示并孕育了 20 世纪那门叫抽象代数的学科。"[①]正是在希尔伯特的影响下，爱米·诺德（A. E. Noether，1882—1935）20 年代在格丁根组织起强大的抽象代数学派。

2. 代数数域论（1894—1899）

这方面的代表作是 1897 年向德国数学会提交的《数论报告》。希尔伯特用新的统一的观点，总结了以往代数数论的全部知识，并抓住互反律这个中心问题，从特殊上升到一般，为同调代数和类域论奠定了基础。类域论后经汉塞尔、高木贞治等青年数学家推进而成为一门完美的学科。

3. 几何基础（1899—1903）

希尔伯特精确地提出了公理系统的无矛盾性、独立性和完备性问题，发展了现代公理化方法。公理化方法作为一种强有力的研究手段在现代数学中被广泛采用，对 20 世纪数学的发展有深远的影响。

4. 狄利克雷原理和变分法

1940 年，希尔伯特用对角线法证明了狄利克雷原理，解

---

① 见 C. C. Gillispie. Dictionary of Scientific Biography. New York：Charles Scribner's Sons，1970，6：389.

决了它的适用范围问题。而在此之前,该原理因魏尔斯特拉斯的批判而被数学家闲置不用。希尔伯特的工作丰富了变分法的经典理论,对变分法的发展做出了重大贡献。

5. 积分方程论和无穷维空间理论(1904—1912)

希尔伯特发展了弗雷德霍姆的积分方程论,在这一理论与二次型主轴化的代数理论之间确立了它们的相似性,并综合运用分析、几何和代数方法,发展了特征函数和特征值理论。正是在这里,希尔伯特开辟了把函数空间按连续函数的正交基坐标化的途径,并提出具有平方收敛和的数列空间的概念,即著名的希尔伯特空间。希尔伯特还发现并巧妙地处理了算子的"谱"理论。上述工作经费希尔、吕兹、冯·诺伊曼(J. V. Neumann,1903—1957)和斯通等人发展成为现代泛函分析的系统的线性空间方法。

同一时期,希尔伯特还证明了数论中的华林猜想。

6. 数学基础(1918 年后)

这方面的研究是他早期关于几何基础工作的自然发展,其主要思想被概括为所谓的"形式主义计划"。按照这一计划,数学理论被表现为仅由符号、公式和公理组成的无矛盾形式系统,希尔伯特提出"证明论"(metamathematics,或称"元数学")作为证明形式系统无矛盾性的途径。1931 年,奥地利数学家哥德尔(Kurt Gödel)证明希尔伯特这条路是行不通的。但正如哥德尔本人所指出的,希尔伯特关于数学基础的计划仍不失其重要性,并将继续引起人们高度的兴趣。数学基础的研究,后来超出了希尔伯特的方案,并发展成内容丰富的一个专业。

由于希尔伯特的业绩,他作为德国数学界的领头人是当之无愧的;另一方面,他的个人素质和学术作风,也像磁石一样吸引着青年数学家。首先,他不特别看重学生的天赋,而强调李希登堡的名言"天才就是勤奋",他本人就是证明。他的讲课体现了重视基础知识和技巧的特点。其次,同克莱因不同,他十分平易近人,跟学生、助手和同事之间有相当融洽的关系。尤其难得的是他憎恶一切政治的、种族的和传统的偏见,坚持以学术标准衡量科研成果。在第一次世界大战初期,他冒着极大的风险,拒绝在德国政府为帝国主义战争辩护的"宣言"上签字;战争期间,他又勇敢地发表悼词,悼念交战国法国的数学家达布的逝世;他曾力排众议,为爱米·诺德女士争取当教师的权利,而不顾当时格丁根没有女性担任讲师的先例;他对希特勒的排犹运动也表示了极大的愤慨,如此等等,都使他作为一位主张正义的科学家而受到普遍的尊敬。

在克莱因和希尔伯特的影响和努力下,20 世纪初的三十年间,格丁根终于成为名副其实的数学研究和教育的国际中心。在涌向格丁根的优秀青年中,有赫尔曼·外尔

(Hermann Weyl)、艾哈德·史密特(Erhard Schmidt)、卡拉泰渥笃利（Constantin Carathéodory）、库朗（Richard Courant）、策墨罗(Ernst Zermelo)、高木贞治、麦克思·玻恩(Max Born),冯·劳厄(Max von Laue),等等,他们后来都成了第一流的数学家或物理学家。格丁根对美国数学影响尤深,据统计,1862 年至 1934 年获外国学位的美国数学家114 人中,有34 人是在格丁根获博士学位的;后来有5 位担任美国数学会的会长,他们是克莱因的学生①。"格丁根数学俱乐部"经常举行学术交流活动,凡国内外做出最新重要成就的数学家(甚至包括物理学家),都要被邀请来做学术报告。对于从事数学研究的人们来说,格丁根当时确是一个值得向往的地方。

五、格延根数学传统的主要特征

（一）理论与应用的结合

克莱因说过:"最伟大的数学家如阿基米德、牛顿和高斯,总是同样地把理论与应用结合为一体。"②19 世纪纯粹数学的迅猛发展,使数学和其他科学之间的距离日渐加大。对此,克莱因采取一种积极的态度,以促进二者的相互渗透:一

---

① 　见 C. Reid. Courant. Springer-Verlag,1976:129.

② 　见 Felix Klein. Elementarmathematik vom höheren Standpunkte aus,Leipzig,1909,2:392.

面唤起数学家对应用的高度重视，一面引导工程技术人员掌握和理解作为基础科学的数学。他在格丁根组织的学术活动，有许多是围绕这一目标进行的。他曾在给德国炼铁会干事长许洛脱博士的信中写道："化学与工业的关系已是众所周知的了，我很想使物理和数学也同样地与工业结合，并希望工艺界也来考虑一下这种结合对于工业的良好影响，以帮助我实现这一主张。"①他亲自筹建的"格丁根应用数学和技术促进协会"，开创了科学家同经济界领导人合作的先河，对德国应用数学的发展起了重要作用。

克莱因对于数学理论与应用结合的看法，绝不是简单和浅薄的理解。他所领导的格丁根，不待说是纯粹数学的重要基地。克莱因深知纯粹数学的发展有其独立性，尽管它有许多抽象理论暂时还没有或者根本看不到会有任何应用价值，但它无疑是应用的可靠基础和强大后盾。有一件事很能说明问题，克莱因本人对数学中公理化倾向是有所保留的，但作为组织家，他在为庆祝高斯-韦伯纪念碑落成而编纂纪念文集时，却在请物理学家魏恰特编写电磁学基础讲义的同时，请希尔伯特编写几何基础的讲义，以此表彰格丁根的双重科学传统。这一意味深长的举动表明克莱因对数学理论联系实际的全面而客观的观点。

---

① 转引自《五十年来的德国学术》，商务印书馆，1930。

　　至于希尔伯特，他的研究集中在纯粹数学方面，他所倡导的公理化方法，堪称是抽象数学思维的典范。但正如希尔伯特学派的主要成员库朗在格丁根纪念希尔伯特诞生一百周年时发表的演讲中所说，伟大的希尔伯特学派的传统还有另一侧面。

　　希尔伯特在 1900 年发表著名的《数学问题》讲演时，曾全面论述过他对数学发展的观点。他认为各数学分支中最初的问题"是由外部现象世界提出的"，其后会经过自身独立发展的阶段，而通常并不受来自外部的明显影响。但在纯思维创造的同时，外部世界又会提出新的问题，开辟新的分支①。因而，他强调数学研究中思维与经验之间反复出现的相互作用。本着这种观点，他对应用数学的发展始终极为关心。希尔伯特学派中以库朗为代表的一些成员，对 20 世纪应用数学的发展有重大的直接贡献，绝不是偶然的。

　　希尔伯特本人的纯粹数学研究，对其他科学与工程技术也产生了巨大影响。最典型的例子是他的积分方程论。20 世纪 20 年代初，正当量子力学蓬勃兴起之际，物理学家们发现希尔伯特在 20 世纪初进行的积分方程研究、1903 年至 1904 年有关特征函数的理论工作以及稍后的无穷多个变量

①　参阅 C. Reid. Hilbert. Springer-Verlag，1970：75-76.

的理论成果,对于量子力学是非常有效的工具。量子力学创始人之一海森堡指出:"希尔伯特对于量子力学的发展有着间接但极为巨大的影响……量子力学的数学方法乃是希尔伯特积分方程理论的直接应用,这真是一个特别幸运的巧合。"①希尔伯特对此倍感欣喜,认为这是理论与经验内在统一性的表现。另外,众所周知,署有希尔伯特名字的两卷巨著《数学物理方法》标志着应用数学著作的划时代进步。该书执笔者库朗说:"它不仅贯彻了希尔伯特的思想,而且有大量的内容直接取材于希尔伯特的论文与讲演。"这本著作自问世之日起一直是物理学家和工程师们吸取数学营养的重要经典。

还应指出,从 1912 年至 1922 年整整十年间,希尔伯特曾直接进行物理学的研究,与物理学家德拜一起创办并主持"物质结构讨论班"。希尔伯特的目标是用公理化手法来整理物理学的重要分支,他先后研讨了气体力学、初等辐射理论、物理结构论和广义相对论,对促进现代数学与物理的互相渗透做出了贡献。

库朗指出:"直观和逻辑,'扎根于实际'的问题的个别性和影响深远的抽象的一般性,这是两对矛盾着的力量,而正是矛盾各方的起伏波动决定着活的数学向前发展。

---

① 转引自 C. Reid. Hilbert. Springer-Verlag,1970:179-180.

所以,我们必须防止被驱赶而只向有生命力的对立的一极
发展……希尔伯特以他感人的榜样向我们证明,这种危险
是容易防止的,在纯粹和应用数学之间不存在鸿沟,数学
和科学总体之间能够建立起果实丰满的结合体。"①这就
是对希尔伯特学派传统的全面理解,很明显,它同上述格
丁根数学传统的主要特征之一——理论与应用的结合是
完全一致的。

（二）数学的统一性

19 世纪数学的发展,开辟出一个接一个新的分支,
数学研究专门化的趋势日益增长。但是,如果看不到数
学内部不同领域之间的有机联系,数学家的工作就可能
变成盲目的,数学也就难免不被分割为许多孤立的细枝
末节。高斯曾竭力主张不同理论之间的"奇妙结合",并
把寻找数学内部的本质联系当作数学研究的一个目标。
这种强调数学统一性的观念,贯穿了格丁根数学发展的
整个过程。

克莱因是将统一数学和统一数学与其他科学的工作视
为己任的,他在他的最卓越的成就即几何学的群论方法中,
就是从统一的观点出发,寻求 19 世纪所发现的各种不同几何

---

① 转引自 C. Reid. Hilbert. Springer-Verlag,1970:220.

系统之间的内在联系。在《埃尔朗根纲领》中,他又明确提出了数学各科的共性问题,并首先对数学中重要和不重要的观点做了严格区分。

希尔伯特在为《克莱因全集》写序言时,就着重强调了这种统一的数学观。至于希尔伯特本人,他无疑是属于20世纪罕见的数学全才之一。他从解决果尔丹问题开始,连续地从一个领域转向另一个领域,每次都以意想不到的重要突破使同时代的数学家们惊叹不已。他获得成功的钥匙,大概就是寻找数学不同理论之间的"奇妙结合"!他发表《数学问题》讲演时提出23个著名的数学问题,其主要目的就是借此沟通日益增多的"数学小王国",促进不同领域的数学家的相互了解。他坚信,数学理论越是向前发展,它的结构会越加调和一致,那些一向相互隔绝的分支也会显出意想不到的关系,因而数学作为有机整体的特性会更加清楚地显现出来。

（三）数学的国际性

近代数学的发展,要求数学家们进行广泛的学术交流和国际上的通力合作。如果说,生活在19世纪前半叶的高斯对这一点还没有充分认识,那么到了克莱因-希尔伯特时代,情形就大不一样了。克莱因在政治上是个强烈的爱国主义者,但却乐于承认巴黎是"科学活动的蜂巢",并试图把每个有培养前途的青年数学家送往巴黎学习。希尔伯特更明确地把学术思想的自由交流当作数学发展必不可少的条件,在第一次世界大战期间,他为缺少同外国数学家的接触而深感苦恼。1928 年,希尔伯特冲破由于战争而滋长起来的民族主义情绪的阻挠,毅然率领一个德国代表团出席在意大利波隆那举行的战后第一次国际数学家代表大会。他在会上发表的演说中,主张"数学不分种族","对于数学来说,整个文明世界就是一个国度"①。

六、格丁根数学的衰落——历史的教训

格丁根数学传统的形成,绝非一朝一夕之功,而是从高斯到克莱因、希尔伯特,几代数学家努力奋斗将近一个世纪的结果。格丁根的历史说明,一个数学中心的形成,至少必须具备以下几方面的条件:

1.要有领头的数学家

这样的数学家,除本身有第一流水平的学术贡献,并对数学各个领域有精深的研究外,还必须有高度的组织才能和影响力。

2.要有数学的普遍提高作基础

数学研究中心的形成,并不是若干数学明星的简单集

---

① 转引自 C. Reid. Hilbert(第 21 章"Borrowed Timed"). Springer-Verlag,1970:178.

合，它的前提乃是数学水平的普遍提高。格丁根的数学繁荣不是出现在高斯或黎曼时代，而是出现在19世纪晚期，就充分证明了这一点。

3. 要有适宜的社会环境和由此造成的学术气氛

就格丁根而言，它成为欧洲学术中心的过程，恰好同德国资本主义的发展过程是一致的。尤其是19世纪70年代德国统一之后，资产阶级为了在工业上迅速赶超英法等老牌资本主义国家，采取了利用最新科学成就这条捷径。当时德国政府在国内大力实行鼓励科学发展的政策，其中一条原则就是不任意干涉科学家的研究工作。尽管政策和实际之间经常存在着距离，但当时德国政府这种政策在一定程度上是有利于科学发展的。

但是，这座花费一百多年工夫建立起来的国际数学中心，却在德国法西斯的空前政治迫害下毁于一旦。1933年希特勒一上台，就掀起疯狂的种族主义和排犹风潮，使德国科学界陷于混乱，格丁根所受的打击尤为惨重。格丁根数学学派中包括不同国籍、不同民族的数学家，其中不少是犹太人。他们在法西斯政治迫害下纷纷逃离德国，有的竟至惨遭杀害。希尔伯特本人因年老未能离去，1943年在极其孤寂和郁郁寡欢的情况下去世。

自此以后，格丁根这个曾经盛极一时的数学中心就一蹶不振了。但格丁根的光辉数学传统，为现代数学的发展提供了宝贵的精神财富，人们是不会忘却它的；而格丁根数学的衰落，则是现代科学史上因政治迫害而导致科学文化停滞倒退的一幕典型的悲剧。总结格丁根数学传统及其盛衰的历史教训，是科学史研究中的一个具有重大意义的课题。

附录 3　群论统一几何学的历史根源[①]

邓明立　张红梅

群结构是数学家最早研究的代数结构之一,是推动数学朝着统一化方向发展的一个非常重要的基本结构,群论的诞生预示了这种统一性的必然趋势。然而群的产生却是多元的——数论的、代数的和几何的,特别是,群论诞生于几何学,反过来又为相互割裂的几何学提供了统一的基础,使几何学在更高层次上实现了统一。

几何学发展到19世纪,进入了发展的黄金时期,各种几何学如雨后春笋般不断涌现,且呈现出许多崭新的特点:几何对象的扩大化、研究方法的多样性,以及研究成果的多姿多彩。可以说,19世纪几何学的发展对整个数学产生了不可忽视的影响,同时是群论诞生的三大历史根源之一。1872年,克莱因发表了所谓的埃尔朗根纲领,引起了"群"的刻画乃至"群"定义的重大改变,推动"置换群"向"变换群"过渡,最终导致了"群"含义的扩张。从这种意义上来讲,埃尔

① 本文原载《自然辩证法通讯》,2008年,第30卷,第1期。

朗根纲领是群论发展史上的一个重要里程碑，是用群论思想统一几何学的理论基础。

然而，目前关于克莱因用群的观点统一几何学的历史研究，要么只是从单一方面加以论述，如：H. Wussing[1]，J. J. Gray[2]和 M. Kline[3]；要么只是对此做一简单概述，如：David E. Rowe[4]；还有的是仅对埃尔朗根纲领的历史地位及影响简单进行评价，如：Thomas Hawkins[5]，David E. Rowe[6]。总之，这些文献都没能从宏观意义上、全面而深入地给予系统研究。埃尔朗根纲领作为几何学发展史上的一个重要里程碑，它的问世、传播及其对后来数学发展的影响，都值得我们进行深入细致的探讨，因此全面而系统地研究这一课题具有重大意义。

一、克莱因在几何学方面的主要学术活动

克莱因(Felix Klein，1849—1925)是 19 世纪优秀的数学家、数学史家以及数学教育家。他创立了埃尔朗根纲领，研究了自守函数，还积极参与了数学教育的改革，对推动 19 世纪数学的发展做出了不可磨灭的贡献。

1865 年，克莱因升入波恩大学，学生时期便引起了几何学家、物理学家普吕克(Julius Plücker，1801—1868)的注意。当时，普吕克正致力于撰写《基于以直线为空间元素的新空间几何学》，试图把解析几何学建立在以直线为元素的基础

之上。第二年,就任命仅 17 岁的克莱因为自己的助手。克莱因在那儿逐步学习了线几何学,并充实了有关射影几何学的知识,同时研读了英国数学家凯莱(Arthur Cayley,1821—1895)的有关著作,并在普吕克的指导下,顺利完成了博士论文《线坐标的一般二次方程到典则形式的变换》[7],于1868 年 12 月 12 日获得了博士学位。

1868 年 5 月,普吕克突然去世。从此,《基于以直线为空间元素的新空间几何学》(第二卷)出版的艰巨任务落到克莱因和克雷布什(Rudolf Friedrich Alfred Clebsch,1833—1872)的肩上,克莱因当时虽然还不到 20 岁,但已经享有线几何学权威的声望,而克雷布什的研究方向正是方兴未艾的不变量理论和代数曲面论。1869 年初,克莱因来到格丁根,加入了克雷布什的研究队伍。与克雷布什一起对《基于以直线为空间元素的新空间几何学》的第二卷内容进行了必要补充,并从后者那里学到了不变量理论和光学,这对他后来关于不变性的观念产生了重要影响。从那时起,克莱因献身于数学事业的热情愈加高涨,而他原打算成为一名物理学家的愿望早已抛之九霄云外。

克莱因一心想开阔自己的视野,显然他对格丁根优越的研究条件并未感到满足。1869 年冬,克莱因来到柏林,结识了 S. 李(Marius Sophus Lie,1842—1899)和史托尔茨(Otto Stolz,1842—1905),并同他们建立了深厚的友谊。克莱因在柏林获得了丰厚的回报,他有幸第一次从史托尔茨那里了解到非欧几何学,并与 S. 李一起活跃于库默尔(Ernst Eduard Kummer,1810—1893)和魏尔斯特拉斯(Karl Weiertrass,1815—1897)的数学讨论班。这些学术活动使克莱因逐渐认识到这样一个重要事实:非欧几何学和凯莱的一般射影度量之间的联系极其紧密。于是在 1870 年 3 月中旬,他做了有关凯莱的射影度量的报告,并指出了它与非欧几何学的密切关系。值得注意的是,克莱因在格丁根和柏林时研究的主要对象是几何学和不变量理论。

1870 年 4 月,克莱因又与 S. 李一起来到巴黎,同法国数学家若尔当(Camille Jordan,1838—1921)和达布(Jean Gaston Darbour,1842—1917)建立了深厚友谊,这对他们后来的学术生涯影响巨大。1870 年,若尔当发表了专著《置换与代数方程专论》,首次对伽罗瓦理论进行了系统介绍,这使数学家发现群论不仅仅对代数方程有用,而且对整个数学特别是不变量理论及几何学的影响也很大。从此,群论开阔了他们的思想和眼界,尤其对克莱因的影响更是立竿见影。在与达布的密切交往中,克莱因了解到了法国几何学派的最新结果。巴黎之行虽然短暂,克莱因却大大充实了统一几何学的知识,他打算给每种具体的几何学一个合适的定位。

1871 年夏天,克莱因通过与史托尔茨的多次讨论,逐渐明确了非欧几何学是射影几何学的一部分。同年 8 月他发表了《关于所谓非欧几何学第一文》,对非欧几何学做了统一性研究,把凯莱的射影度量和空间概念拓展为一般形式,将欧氏几何、非欧几何在椭圆的、双曲线的、抛物线的几何学名目下统一了起来。从 1871 年初到 1872 年 9 月底,克莱因又试图在不变量理论的基础上对几何学进行分类,通过与克雷布什的每天讨论,与 S. 李的频繁通信,以及与史托尔茨的不断联系,克莱因统一几何学的思想逐渐形成。[1]1872 年10 月,克莱因发表了《关于现代几何学研究的比较考察》,这就是著名的《埃尔朗根纲领》。《埃尔朗根纲领》是克莱因登峰造极的成就,也是几何学史上一篇划时代的文献。这个纲领揭示了一个崭新的、统一的观点——每种几何学都以某个群为基础,其任务就在于确定这个群的不变量。从此,几何学也摆脱了欧氏几何一统天下的局面,获得了空前解放。

二、克莱因用群的观点统一几何学的思想渊源

1. 普吕克的工作对克莱因的早期影响

普吕克是用代数方法研究几何学的一位代表人物,对几何学的发展做出了重要贡献。1829 年,他发表了关于"三角形"坐标和"四面体"坐标的论文,并在《解析几何的发展》中介绍了平面和空间中点的齐次射影坐标,解析的方法使无穷

远元素和虚元素的计算变得容易起来,这自然导致普吕克引入了平面内的线坐标——直线的坐标。即:如果线的方程形如 $u_1x_1+u_2x_2+u_3x_3=0$,那么三元数组(u_1,u_2,u_3)就是这条线的线坐标(或切线坐标)。普吕克把上面这个方程作为动点(x_1,x_2,x_3)位于一条固定直线(u_1,u_2,u_3)上的条件,或作为变动的线(u_1,u_2,u_3)通过固定点(x_1,x_2,x_3)的条件,于是从表达式 $u_1x_1+u_2x_2+u_3x_3$ 的对称中论证了对偶原理的正确性。普吕克成功地揭开了对偶原理的神秘面纱,并阐明了它的数学本质,即在平面几何学中,点和线是等价的初始元素,而对于空间几何学,点和平面成为等价的初始元素。显然这是把空间中除点之外的几何图形看作基本元素,是几何学研究中的一种全新思想。这归功于普吕克,他是实现这一思想的第一人,从而创立了线坐标和面坐标,迈开走向线几何学的第一步。

1846 年,普吕克发表了《空间几何学的体系》,标志着线几何学的真正诞生。1868 年,《基于以直线为空间元素的新空间几何学》第一卷出版发表,其中系统介绍了线几何学的方法;次年,第二卷出版,克莱因对此进行了编辑。普吕克从代数方法入手,为射影几何学与不变量理论之间的联系打好了基础,这启发克莱因利用变换群的观点来认识几何学,同时也为射影几何学向高维推广提供了强有力的工具。[8] 与此同时,克莱因通过与物理学家的密切接触,也为自己用变换群统一几何学奠定了坚实的理论基础。

2. 凯莱的不变性思想对克莱因的直接影响

到 19 世纪中叶,各种几何学之间的内部关系问题仍然没有解决,几何关系的考察成为几何学研究的热点。第一个统一研究几何学的工具是不变量理论,它揭示了度量几何和射影几何之间的深层关系。

凯莱的几何学目标远远超越了布尔(George Boole,1815—1864),他把几何学的分类作为奋斗的目标之一。布尔在《关于解析变换的理论的研究》中指出了"平凡的"不变性思想的缺陷,提出了更为一般性的问题——寻找二元型系数的一般表达式。凯莱自 1854 年起,接连发表了十篇有关代数齐式的论文。他在《关于代数齐式的第一篇论文》[9]开篇就将代数齐式定义为一个齐次的形式,其余九篇论文题目以序号不同区别开来,其中最著名的是发表于 1859 年的《关于代数齐式的第六篇论文》,文章对几何基础进行了阐明——具体说是在不变量理论的基础上对射影几何和欧氏几何关系的一个阐明。[10]凯莱认为一般的射影关系决定几何图形的度量性质。也就是说,射影关系更为基本,欧几里得度量几何只不过是射影几何的一部分,是其特例。

1870 年至 1871 年,克莱因着手研究与所有类型的二次曲线、二次曲面有关的度量,发现了平面的、立体的双曲几何学以及椭圆几何学,他已经意识到了几何学朝着不同方向发展的趋势。克莱因从克雷布什那里学习了不变量理论以后,有了统一几何学的大体想法与思路。1871 年,他发表《关于所谓非欧几何学第二文》,采纳并推广了凯莱的思想,建立了非欧几何与射影几何之间的联系,使在射影几何的框架内也能研究非欧几何。他写道:

"有必要从直觉上弄清楚导致三种几何学的抽象假设,这促使我去寻找一些可以看作这些几何学所表示的度量的例子,它们会使三种几何学之间的无矛盾性变得一目了然。[11]

"我想构造出三种几何学的平面表示和空间表示,它们令宗教地概括出三种几何学的主要特征。我打算用这种方法来证明:这些表示不只是对正在讨论的这些几何学的阐释,它们也解释了其内在的本质。……"[11]

然而总体上,克莱因的观点与凯莱的并不相同。凯莱是为了证明度量(欧氏)几何学为什么可以看作射影几何学的特殊情形,只是详细研究了平面,给出了构造一个相对于给定的圆锥曲线为"绝对形"的平面度量的过程。克莱因则使用了更加几何化的方法,把凯莱的绝对形(二次曲面)的性质具体化,将广义的凯莱度量推广至空间,使研究建立在射影几何里最基本概念(交比)的基础之上。进一步,克莱因解释了可能出现的三种情形：

（1）若充当绝对形的基本曲面是虚曲面，得到的是狭义的黎曼非欧几何；

（2）若充当绝对形的基本曲面是实椭球面，或实椭球抛物面，或实双叶双曲面，便得到罗巴切夫斯基非欧几何；

（3）（过渡情形）若充当绝对形的基本曲面退化成一条虚曲线——球面虚圆，便得到通常的欧几里得几何。

1872 年，克莱因将统一几何学的思想明确地写于他的《埃尔朗根纲领》："几何学只是研究空间形式相对于一条已知的固定圆锥曲线（无穷远虚圆）的射影性。"[11]欧几里得几何、罗巴切夫斯基非欧几何以及狭义的黎曼非欧几何等度量几何都统一于射影几何而成为射影几何的特例。克莱因还重新命名了上述几种几何学，他称罗巴切夫斯基几何为双曲几何，正的常曲率曲面上的黎曼几何叫作椭圆几何，而欧几里得几何称为是抛物几何，这也同样体现了他追求几何理论统一性的思想。

3.若尔当的几何运动群对克莱因的启示

18 世纪末工业革命之后，科学研究转向了寻求数学和自然科学（尤其是物理学）之间的新联系。早期代表有黎曼（Georg Friedrich Bernhard Riemann，1826—1866）和亥姆霍兹（Hermann Ludwig Ferdinand von Helmholtz，1821—1894）等人，他们有意让坐标变换充当现实的物理运动所反映的数学角色，催生了一门新兴的几何学研究领域，即通过对运动的刻画来研究物理空间的几何学。亥姆霍兹强调这种发展绝非偶然，而是有前兆的，他公然宣称要把整个物理学"降为"机械学，即质点机械学，这种研究思路由于若尔当和克莱因的工作而得到了延续和发展——运动几何学观念下的研究应当是运动群的研究，从而直接推动了"置换群"向"变换群"的过渡。

1868 年，黎曼的《论作为几何基础的假设》引起了学术界的关注。亥姆霍兹曾就空间问题和几何学问题发表了几篇论文，与黎曼上述思想联系最为紧密的是《论作为几何学基础的事实》，也是亥姆霍兹最著名的篇章之一。这篇论文连同他发表于 1866 年的《论几何学的基础》[12]，都尝试从公理化角度给几何学进行定义。他的基本假设是：几何学是客观空间的结构，可以用现实世界中物体的运动加以描述并定义。这种用运动来理解客观空间的几何学的观点，直接导向了群的思想，为变换群概念的表述开辟了道路。1866 年至 1872 年，克莱因和 S. 李通过共同努力，使变换群概念获得了比较准确的表述。从历史上来讲，接下来的研究是对已经扩充的"变换群"概念的区分；相应地从逻辑上来看，便是对这样的群进行分类。

若尔当受物理学家和矿物学家布拉维（Auguste

Bravais，1811—1863)的影响,后者为确定晶体结构而研究了运动群[3]，前者随即开始了对无限群的第一个重要研究。若尔当发表《关于运动群的研究报告》[13](1868—1869)，对运动群进行了大规模的分类,开创了在群的标题下研究几何变换的先河。他使用群概念研究刚体的实际运动,这种运动由平移和旋转的合成来实现,遗憾的是,他忽略了反射、形变和刚体中不能机械实现的坐标变换。若尔当宣称:空间中立体的每个运动都可以看作一个扭转,并且在下述条件下可以完全确定:①扭转的轴 A 的空间位置;②关于 A 的旋转角度;③沿 A 的位移量。他用类似 $A_{r,t}$ 的符号来表示这样一个扭转,两个相继进行的运动 $A_{r,t}$ 和 $A'_{r,t}$ 合成的结果是另一个运动 $A''_{r,t}$。若尔当真正目的并不是确定这样两个运动的合成,而是运用群论进行推理论证,他更关心的是由 $A_{r,t}$，$A'_{r,t}$，$A''_{r,t}$，…生成的运动群,而合成意义下的封闭性为此提供了可能。

若尔当运用群论术语表述了自己的问题。他说:"起点的运动"的变化会导致无限多个运动群产生。但是,"我们将证明所有这些群都可以由有限个不同类型的群构成",实际上他的思想就是后来群的生成子的问题。然而,他用"起点的运动"表述了"生成子"的概念,却没有构造运动群的生成子系。

若尔当关于几何运动群的引进以及对其生成子问题的介绍,极大地启发了克莱因,这使后者在研究正多面体的等距群方面取得了重大进展,这种进展不仅使克莱因把置换论的基本原理应用于几何学，而且使他得出（离散）变换群的概念。克莱因承认并努力阐明这个概念，从而将几何学、代数和函数论结合在一起，导致了意义深远的发展，逐步完成了几何学的分类。

三、埃尔朗根纲领思想渐趋明朗及其影响

1872 年 10 月，克莱因已经得到了几何学的分类，其主要思想通过以下 6 篇文章来实现[11]：

A.《关于某些曲线族和曲面族的两个注记》（克莱因和 S. 李），写于 1870 年 6 月 13 日；

B.《关于由单重无穷多可交换线性变换变为自身的封闭系统所表示的平面曲线》（克莱因和 S. 李），写于 1871 年 3 月；

C.《关于所谓非欧几何学第一文》（克莱因），写于 1871 年 8 月19 日；

D.《关于线几何和度量几何》（克莱因），写于 1871 年 10 月；

E.《关于所谓非欧几何学第二文》（克莱因），写于 1872 年 6 月8 日；

F.《关于新近几何学研究的比较考察》（克莱因），写于 1872 年 10 月。

论文 A 中没有提到群的概念。如果不考虑容许变换集的封闭性问题,则涉及不到群的思想,但论文 A 却包含了一种间接的群论问题,即寻找线性变换下保持不变的曲线和曲面:

"我们将要考虑在无穷多个线性变换下保持不变的曲线。总的来说,这些变换将可能把曲线上的每个点映成该曲线上其他任意一个点。"[11]

关于平面曲线的论述方面,论文 B 又对论文 A 的内容进行了更为详尽的阐述。论文 B 的目标是要找出那些在封闭的、单重无穷多可交换的变换集合下保持不变的平面曲线,这实际上是要确定平面内的"封闭的变换的集合",若注意到它与置换论和代数方程论中所进行的研究密切相关,则就涉及群论的方法了。其 §1 的标题是"关于单重无穷多可交换线性变换的封闭系统","封闭"这一概念在这里叙述得更加准确、严密。特别地,文章还指出存在五类容许变换,每一类都依赖于一个连续变化的参数,且变换是封闭的,原文中论述如下:

"交换任意两个变换的位置,所得的新变换相同;并且这个新变换本身也是这个系统的一个变换。鉴于第一个性质,我们称系统的变换是可交换的。鉴于第二个性质,我们称这个系统是封闭的。"[11]与这种"封闭的变换系统"相对应的就是"置换群"。

对于论文 C 和论文 D,这两篇文章本质上研究了几何学的不变量理论的分类方式，并没有把群的概念置于头等重要的地位。

在论文 E 的 §1 里，克莱因更准确地定义了 n 维流形的概念，他指出流形由所有的 n 元复数 $(x_1, x_2, \cdots, x_n)$（称为元素）构成。在 §2 里，他把流形的变换定义为每个元素到相伴元素的变换。克莱因在本节中明确陈述了如下事实：

"与变换对应的方程是可逆的，而且可逆的方程表示可逆的变换。如果我们用诸如 $A, B, \cdots$ 这样的字母来表示变换，用 AB 表示 A 和 B 的合成，A^{-1} 表示 A 的逆……现在，设存在一个已知的变换序列 $A, B, C, \cdots\cdots$ 如果这个序列满足任意两个变换的合成仍是该序列中的一个变换这条性质，则称这个序列是一个变换群……"[11]

克莱因最初称"变换群"为"封闭的变换系统"，并强调这源于置换理论。抽象地来看，克莱因对群的定义与若尔当在《置换与代数方程专论》中给出的群概念完全等价，且二人都假定了集合关于运算的封闭性。如果我们暂且不考虑结合律和单位元的存在性，则可以得知：闭包公理对有限群成立，但对无限群就不成立了。从这种意义上来讲，若尔当在《置换与代数方程专论》中使用的"群"适合他的研究对象；但在克莱因讨论的情形里，定义就不满足要求了，因为他只是隐含地使用了"群"中的逆变换，并没有在群的定义中做明确规定。到 1871 年夏,克莱因已经接受了置换理论中的群概念,他还将"两个相似的群"解释为"通过一个变换 C,从另一个群里产生的群",这与若尔当关于"两个同构的群"本质是一样的。§3 中介绍了"主群"这一新概念,§4 的题目是"用相伴的变换群刻画不同的几何方法",这两节充分论述了克莱因关于几何学的主要思想。克莱因从这样的事实出发,即群(没有出现"子群"这个术语)越大,空间的几何对象所保持的性质就越少。此外,他还认为任何一个几何变换群都包括主群。

在论文 F 里,克莱因把"几何方法"(methods of geometry)换成了"几何学"(geometries),同时指出:对于每种"几何学",都存在着一个"相伴的"、具体的变换群,"群"概念被证明是对几何学分类的有力工具。

从内容上来讲,论文 F 和论文 E 没什么两样,只不过论文 F 对"空间"和"流形"之间的区别比论文 E 描述得更清楚些,流形的变换与空间的变换类似,它们也构成群。这样,作为几何的推广便有下列一般性问题:"给了一个流形和这个流形的一个变换群,以在这个变换群的变换之下其性质保持不变的观点研究这个流形的实体。"[14]

随后,克莱因便用不变量理论的术语重新表述了这个原理。他认为有必要建立"在变换群下任意确定对象的性质不

会改变的理论"。于是,他使用这个过渡时期特有的混杂术语,将上述问题陈述如下:

"给了一个流形和这个流形的一个变换群,建立关于这个群的不变性理论。"[14]

论文 F 的后面部分里,克莱因用上述方法分析了射影几何、线几何、反演几何以及 S. 李的球面几何的逻辑地位,同时也给出了与不变量理论的思想之间的联系,并指出:如果以圆锥曲线为基础,则二元型的理论与平面射影几何的理论等价。

埃尔朗根纲领的思想方法引领了几何学家的研究方向,对几何学的发展产生了深刻影响。虽然并非所有几何学都可以纳入克莱因对几何学分类的框架,但这种观点至今对几何学仍有影响,特别是强调变换下的不变性,对于力学及物理学思想的推动,远远超出了数学的范围。

克莱因对几何学统一性的孜孜追求,同时也深深影响了整个数学的发展。伟大的德国数学家希尔伯特(David Hilbert,1862—1943)在 20 世纪初发起了公理化运动,提出以"公理系统"作为统一各门数学学科的基础;20 世纪 30 年代,美国数学家伯克霍夫(Garrett Birkhoff,1911—1996)提出用"格"来统一代数系统的理论;其后,法国的布尔巴基学派继承公理化运动,提出"数学结构"的思想,把数学的核心部分统一在结构概念之下,使之成为一个有机的整体。

总之,数学科学是一个不可分割的整体,其生命力就在于各个部分之间的联系,群论就是体现这一特征的典型代表。群最初源于代数方程的求解问题,最终数学家以群为研究工具,明确回答了有关方程的可解性问题。但尤为重要的是,群论开辟了全新的数学领域——结构数学,对近代数学的形成和发展产生了极其重要的影响,成为蓬勃发展的数学科学的主流。到 19 世纪末,群的概念已经深入数论、代数、几何及分析等各个领域,逐步进入了数学的中心,大有统一数学的趋势。几何学的群论原则就是群在几何学中的成功应用,几何学由此也在更高的层次上实现了统一。

参考文献

[1]　Wussing H. The genesis of the abstract group concept:a contribution to the history of the origin of abstract group theory [M]. Cambridge,Mass:MIT Press,1984:167-177.

[2]　Gray J J. Poincare and Klein-Groups and Geometries. 1830—1930:A Century of Geometry:Epistemology,History and Mathematics[M]. Berlin-New York:Springer-Verlag,1992:35-43.

[3]　Kline M. Mathematical thought from ancient to modern

times. New York, Oxford University Press, 1972(中译本：M. 克莱因. 古今数学思想. 上海：上海科学技术出版社, 2003).

[4]　David E. Rowe, Klein, Lie, and the "Erlanger Programm". 1830—1930：A Century of Geometry：Epistemology, History and Mathematics[M]. Berlin-New York：Springer-Verlag, 1992：45-53.

[5]　Thomas Hawkins. The Erlanger Programm of Felix Klein：Reflections on its Place in the History of Mathematics[J]. Historia Mathematica, 1984, 11：442-470.

[6]　David E. Rowe. A Forgotten charpter in the history of Felix Klein's Erlanger Programm[M]. Historia Mathematica, 1983, 10：448-454.

[7]　吴文俊. 世界著名数学家传记. 下册[M]. 北京：科学出版社, 1995：11-35.

[8]　Kolmogorov A N, Yushkevich A P. Mathematics of the 19th Century, Basel[M]. Birkhuser Verlag, 1996：36.

[9]　Cayley A. An Introductory Memoir upon Quantics[J]. Phil. Trans. London, 1854, 144：221.

[10]　Cayley A. A sixth Memoir upon Quantics[J]. Phil. Trans. 1859, 149：61-91.

[11]　Klein F. Gesammelte mathematische Abhandlungen[J].

Vol. 1. Ed. R. Fricke and A. Ostrowski. Berlin 1921:
106,246-248,316,427,430.

[12]　Hermann von Helmholtz. Ueber die thätsachlichen
Grundlagen der Geometrie, Verh. Ver. Heidelberg
1866,4:614.

[13]　Jordan C. Mémoire sur les groupe de mouvements
[J]. Ann. mat. pur. appl. , 2nd Series, 1868/69, 2:
167-215,322-345.

[14]　关于现代几何学研究的比较考察——1872 年在爱尔
兰根大学评议会及哲学院开学典礼上提出的纲要
[C].数学史译文集.上海科技出版社,1981:1-32.

附录 4　再论 F. 克莱因的《埃尔朗根纲领》[①]

邓明立　王　涛

　　纵观整个数学的发展历程,能称得上"纲领"的文献很少。如果某一论文或演讲被称为纲领,则它一定联系或沟通了多门学科。1872 年,德国数学家克莱因(F. Klein,1849—1925)发表了《关于现代几何学研究的比较考察》一文,把变换群和几何学联系在一起,这种观点突出了变换群在讨论几何中的地位,对后世影响深远。这篇论文也因此获得了美誉——"埃尔朗根纲领",这是数学史上为数不多的纲领性文件。

　　鉴于埃尔朗根纲领在数学史上的突出地位,有关这方面的研究可谓成果非凡。[1-2]先后有数学史家从几何学和群论的角度,对埃尔朗根纲领进行了深入的研究。这些研究主要分为以下两个方面:大部分数学史家一般以非欧几何的诞生为切入点,论述射影几何学的繁荣,最终将埃尔朗根纲领作为几何学的统一来处理,这一研究路线比较成熟并且深受数学

---

①本文原载《自然辩证法通讯》,2015 年,第 37 卷,第 2 期。

史家的青睐。[3] 近年来,部分数学史家将埃尔朗根纲领放在了群统一数学的框架之下,这样可自然地将埃尔朗根纲领与李群、自守函数等并列讨论,[4] 可以说是一种比较新的研究方法,这种研究方法突出群已成为当时统一数学的工具之一。

采用变换群的观点来研究几何,这是克莱因的一大创造,但克莱因的埃尔朗根纲领并不能囊括所有的几何学。除了用变换群总结当时的几何学,克莱因在埃尔朗根纲领中还大篇幅地论述了几何学和二元型理论的对应关系,交代了他与挪威数学家 S. 李(M. S. Lie,1842—1899)在最近工作中的一些方法和观点,并试图将之前总结的各种几何学推广到流形上,这是在对埃尔朗根纲领讨论时数学史家较少涉猎的。因此,笔者觉得仍有许多历史问题有待研究。另外,克莱因在埃尔朗根纲领中对流形的处理,可以解释为什么克莱因没有将黎曼几何容纳在内,也可以部分反映出当时数学家对流形的认识,这对流形概念的历史研究也颇有意义。

一、埃尔朗根纲领的主要结构和内容

从论文《关于现代几何学研究的比较考察》的题目可以看出,埃尔朗根纲领属于比较研究。文章主要由四部分组成:开篇综述、正文、结束语和附注。

1. 埃尔朗根纲领的背景

19 世纪是几何学的黄金时代,据统计,几何学文献的数量占数学文献总数的一半以上,超过数论、代数和分析的总和。非欧几何学的产生、射影几何学的繁荣以及黎曼对几何学观念的革新,使得几何学取得了突破性的进展。当时的情况,按照克莱因自己的说法:

"几何学近年来取得了飞速的发展,尽管主题一致,但却被分割成一系列几乎相互隔绝的分支,并且在相当程度上互不相关地继续发展。"([5],p.188)

克莱因认为有必要开展一种纵观全局的几何学研究,但是他又认为单独归纳几何只是把许多人或多或少思考过的东西总结在一起,没有多少创新性。因此,他特别愿意交代一些 S. 李和他本人的研究工作,并将之前的几何学研究推广到流形上。

当时几何学解析方法与综合方法的对立十分严重,观点也十分狭隘:只有对几何问题的射影几何处理才是科学的研究。克莱因在埃尔朗根纲领中对几何的处理,用他自己编著的《19 世纪的数学史》中的话来说,旨在用更宽松的观点来代替这一狭隘观念。毫无疑问,克莱因的思想超前,并且会受到旧思想的猛烈批判。

2.埃尔朗根纲领的核心思想

克莱因在开篇综述就给出观点:

"在几何学领域最近 50 年所取得的成就中,射影几何处于首要地位。从射影的观点下处理度量已经成熟,从而射影方法覆盖整个几何学。"([6],p. 13)

他首先指明事实,目前存在多种几何:射影几何、反演几何、有理变换几何,但没有提到微分几何①。正文共有 10 节。第 1 节和第 2 节集中阐述了克莱因的几何分类思想。克莱因首先给出了空间变换群的概念,这是对群概念的一次大扩展[7]。如果在某个变换群的作用下,空间的所有几何性质保持不变,则称该群为主群。继而克莱因论述了变换群和几何学的关系,由于几何性质在主群作用下保持不变,故研究主群的子群是没有意义的。它的意义在于可用一个扩大了的空间变换群代替主群来研究几何。克莱因还将这种方法推广到流形上,只不过这时已不存在主群,变换群的选取具有任意性。因此克莱因的观点就变为:

"给了一个流形和这个流形的一个变换群,以在这个变换群的变换之下性质保持不变的观点研究这个流形。"([6],p. 15)

克莱因的埃尔朗根纲领的基本观点总结起来就是:每种几何都由变换群所刻画,几何学所要研究的就是几何图形在

---

① 微分几何的名称最早见于 1894 年,之前人们一般以无穷小几何称呼微分几何。

变换群下的不变量。因此,埃尔朗根纲领在不变量的历史发展中也占有重要地位。

3.埃尔朗根纲领的具体内容

从第 3 节开始,克莱因次第展开了对射影变换群、反演变换群、有理点变换群、一般点变换群、切触变换群的讨论,然后给出结论并加以案例说明。结论后还给出附注,以作为对正文的解释。在第 3 节"射影几何"中,克莱因以射影几何为例,详细地说明了射影变换群的构成,并指出如何从射影几何考察度量性质——将度量作为对球面圆的关系引进,这样克莱因就能统一射影几何①和各种度量几何。

在第 4 节"通过映射产生的转移"中,克莱因给出了一个引理:映射可以将一个给定变换群的空间几何研究转移到另一个空间和变换群。这样,克莱因就能将二元型理论和几何学研究对应起来:二元型理论和圆锥曲线的点系的射影几何等价,从而得出平面的初等几何和带有一个基本点的二次曲面的射影研究是一回事[6]。

在第 5 节"关于空间元素选择的任意性 Hesse 转移原理"中,克莱因将空间的元素不再限于点,而是扩展到线、面,甚至高维流形,这方面克莱因主要受到了他的老师普吕克

---

①　射影几何不是度量几何。

（J. Plücker, 1801—1868）的影响。克莱因的计划不仅在于统一点几何学，他还从变换群的观点出发，把任意元素的空间几何学统一起来，并且指出与它们相对应的代数理论。这里的代数理论，主要是二元型的理论。由于几何元素的扩张，必然导致几何维数的增加，故二元型的变元数自然也增加。克莱因指出：

"二元型理论与平面上的一般射影度量几何是同一种几何。……如果将几何学推广到空间，则变元的数目同样增加，如一个由六个齐次变量所生成的流形中的射影度量几何与四元型理论等价。"（[5]，p. 195）

在第 6 节"反演几何学"中，克莱因指出平面反演几何与二次曲面的射影几何等价，空间反演几何与对一个由五个齐次变量间的一个二次方程所描绘的流形的射影处理等价。克莱因还指出反演几何的一个有趣应用：复变量的二元型理论可以用实球面射影几何来表示。这样，二元型理论、线几何、反演几何是一致的，区别仅在于变量的数目。

但克莱因同时指出还存在与变量数目无关的几何——李球几何，这是克莱因在第 7 节"前述内容的推广"中给出的。李球几何是由克莱因的好友，挪威数学家 S. 李引进的，属于一个更大的研究范围，也就是说李球几何包含了反演几何和初等几何。但克莱因与 S. 李有所不同：S. 李是从线几何出发的，而克莱因则是从球极投影所建立的实平面与球面之间的联系来着手的。李球几何的群具有如下性质：它把那些互相相切的圆变成仍然是这样一些互相相切的圆，把那些与另一个圆交角都相等的圆也变成具有这样性质的一些圆。球面上的线性变换群和反演群都是该群的子群。

　　克莱因的演讲非常宏大，在第 9 节中克莱因单独论述"关于全体切触变换"。关于切触变换，克莱因的工作不多，主要是 S. 李的工作，这是 S. 李进入李群研究的必经之路，在李群创立过程中起着重要作用。从时间上来看，克莱因发表埃尔朗根纲领和 S. 李的工作处于同一时期，他们的工作一脉相承而又各有分工。首先他们都得益于几何元素观念的扩张、不变量的推广以及群观念的日益成熟；其次，他们以群来统一数学的观点也是一致的，但其后克莱因主要研究离散变换群，S. 李主要研究连续变换群。克莱因还注意到更一般的双有理变换和无穷小变换，特别是克莱因意识到无穷小变换组成的群已经与之前的群有本质不同，在无穷小变换群下保持不变的几何——位置分析以及双有理变换观点下的代数几何，在 20 世纪成了数学的主流分支，这都表明克莱因是一个具有战略眼光的数学家。

　　在结论中，克莱因交代他受到了伽罗瓦（E. Galois,

1811—1832)的影响。伽罗瓦将群论用于解决代数方程,克莱因则试图用群论分类几何。毫无疑问,二者具有很大的相似性。

二、克莱因对流形和非欧几何的认识

几乎埃尔朗根纲领的每一部分都提及流形,正文的第10节以及附注的第4节都是整节在论述克莱因对流形的看法。流形是由德国数学家黎曼(G. F. B. Riemanm,1826—1866)在1854年的报告中引入的,但该报告迟至1868年才发表,这时非欧几何突然受到了各方面的注意,并进而引发了非欧几何学的实现问题,而实现的对象则是微分几何与射影几何。另一方面,自黎曼引入朴素的流形概念到外尔(H. Weyl,1885—1955)给出现代流形概念之前,特别是庞加莱(H. Poincaré,1854—1912)、希尔伯特(D. Hilbert,1862—1943)之前,这段时间内流形概念的历史研究可以说是相对不足[8]。

1. 克莱因对流形的认识

我们在之前的讨论中已经明确克莱因试图将空间的几何学推广到流形上,在综述中克莱因给出了详细的论述:

"流形是在舍弃了那些对纯粹数学研究来讲并非本质的

空间图形之下,从几何学中抽象出来的。空间①仅是一个三维流形,但从数学观点来看,没有任何理由去阻碍主张空间实质上有四维,甚至无穷多维。所以就抽象来讲,直接研究流形就足够了。"([5],p. 188,205)

但克莱因仍坚持从几何实体出发,除了论述简单易懂之外,恐怕就是缘于当时的研究风格了,当时几乎没人接受抽象的研究。

黎曼的流形是一个多重延量,多重延量由格拉斯曼(H. G. Grassman,1809—1877)开创,但黎曼并没有参考格拉斯曼的工作。而可以肯定的是,克莱因知道黎曼的工作并且受到了他的影响,具体可见下文中克莱因对常曲率流形和射影度量几何关系的讨论。克莱因主要是从格拉斯曼那里受到启发,不过格拉斯曼的理论最终指向了高维空间、广义复数以及向量和张量理论;而黎曼的流形概念主要是从物理学方面得出来的,如可用流形描述光热现象,并且黎曼一开始就在流形上引进度量,所以他的研究直指几何学。

黎曼的流形从数学上表述起来是$(x_1,x_2,\cdots,x_n)$的全体,黎曼还说明了低维流形如何生成高维流形,并把 n 作为流形的维数。关于克莱因的流形,我们可以从两方面来理解:几

---

① 埃尔朗根纲领中多次提及空间,克莱因对空间和流形做了具体的区分,所谓空间就是具体的流形,而流形就是抽象的空间。

何方面,几何元素的扩张直接推出高维几何,比如线几何就是一个四维流形的几何;代数方面,不同几何学对应的代数理论的变量数目不同,也不可避免地将空间推向高维流形,而且这种流形是"数"流形,也就是由齐次变量产生的,这是对黎曼的流形的具体化。但克莱因认为,不论元素是点、线、面还是球,只要取作几何基础的变换群不变,几何的内容就不会改变。因此,克莱因的埃尔朗根纲领中重要的是变换群,流形的维数反而成了不太重要的概念了。

黎曼和克莱因对流形的处理方法也完全不同。黎曼给出他的流形概念后,随即给出了局部度量 $ds^2 = \sum_{i,j=1}^{n} g_{ij} dx^i dy^j$,具有这种度量的流形被称为黎曼流形,并着手建立这种空间的几何学。他提出了截面曲率,并引进了常曲率空间及其上的黎曼度量,直接奠定了黎曼几何的基础。在黎曼的处理方法中,曲率占据着非常重要的位置,是衡量空间是否均匀的一个重要概念。虽然克莱因在第 10 节中也提到了常曲率流形,并且意识到常曲率流形是从更一般的流形概念中引申出来的,但克莱因没有关注更一般的流形,他仅处理常曲率流形。

因此,从黎曼曲率的观点来看,克莱因的流形"所有点是一样的"。他没有考虑空间的不均匀性,处理的流形也都是齐性空间,埃尔朗根纲领正是建立在齐性空间基础上的。欧几里得空间、仿射空间、射影空间以及常曲率流形都自然是相应对称群的齐性空间,因此可以纳入克莱因的研究框架中。由于一般的黎曼空间未必是齐性空间,所以黎曼几何不在克莱因的几何范围内。

2.常曲率流形与非欧几何

在附注第 5 节"关于所谓的非欧几何"中,克莱因再次提到了黎曼的常曲率流形,这种流形的黎曼曲率(张量)处处相等,是黎曼在 1854 年的报告中给出的。黎曼的报告是一个非常宏大的数学演讲,暗示了非欧几何只不过是黎曼几何的特例。其具体关系如下:

正常数曲率流形　黎曼式几何学[①]

负常数曲率流形　罗巴切夫斯基几何学

零曲率流形　　　欧氏几何学

从流形的曲率来看,欧氏几何学是罗巴切夫斯基几何学和黎曼式几何学的特殊情形,即当曲率趋近于 0 时,罗巴切夫斯基几何和黎曼式几何以欧氏几何学为极限,这表明欧氏几何学并不比非欧几何学基础,非欧几何学比欧氏几何学更具一般性。这从侧面表明了黎曼几何的广阔性。黎曼式几何、

---

① 黎曼式几何和黎曼几何是两个概念,黎曼式几何是黎曼发现的一种非欧几何,而黎曼几何则是微分几何的一个分支。

罗巴切夫斯基几何和欧氏几何的关系可由如下数学模型表示：

$$\lim_{K \to 0^+} 黎曼式几何 = \lim_{K \to 0^-} 罗巴切夫斯基几何 = 欧氏几何学$$

当时已经知道，常曲率流形上的几何对应于非欧几何。虽然一般的黎曼空间未必是齐性空间，但常曲率流形（如球面）恰是齐性空间，这一恰好适用，使得克莱因能够将常曲率流形纳入他的研究范围。由于常曲率流形自然相对应于非欧几何，这样非欧几何也就纳入埃尔朗根纲领之中。其实早在埃尔朗根纲领之前，克莱因在从 1870 年到 1872 发表的五篇论文中，已经成功地把各种度量几何归结为射影几何，并且从射影几何的角度出发，联系到椭圆、双曲线、抛物线与无穷远线的实交点个数，在射影空间中适当引进度量得到双曲几何与椭圆几何，从而将非欧几何实现为射影几何学。

黎曼式几何学　　　　椭圆几何

罗巴切夫斯基几何学　双曲几何

欧氏几何学　　　　　抛物几何

克莱因由此从射影几何学的角度实现了非欧几何。从射影几何来看，欧氏几何、黎曼式几何和罗巴切夫斯基几何都是射影几何的特例。虽然克莱因从射影几何的角度通过添加不同的度量统一了非欧几何，但与黎曼几何揭示欧氏几何与非欧几何之间关系的深刻程度相比，射影几何没能较好地实现这一目标。这可能与克莱因对待非欧几何的观点有关系。克莱因似乎不太看重非欧几何，当时的情况是：人们把太多的非数学的想象与非欧几何这个名称联系到一起，这些非数学的想象一方面受到了巨大的热情支持，另一方面又受到了同样多激烈的排斥。但克莱因并不认可数学家之外的讨论，他认为纯粹数学的研究靠非数学方面的讨论不能得出任何创新。这表明了克莱因对待非欧几何的态度，也难怪克莱因没有大篇幅论述非欧几何学。

但在非欧几何学的实现问题上，射影几何明显胜出。克莱因在开篇第一段中就曾交代，最近 50 年中几何学最大的进展是射影几何的建成，却连黎曼几何都没提，因为黎曼几何尚在它的"婴儿"时期，而且从贝尔特拉米（E. Beltrami，1835—1900）和克莱因先后就罗巴切夫斯基几何给出的模型来看，射影几何无疑有着优越性。1868 年的贝尔特拉米模型并没有实现整个罗巴切夫斯基几何，而 1870 年的克莱因模型则完美地完成了这个任务，在数学史论著中找到这两个模型的论述不是一件困难的事情。

三、结　论

埃尔朗根纲领从变换群的角度统一几何学，观点在当时是非常大胆和先进的，内容也十分广博，此文结构合理，文笔优美,几乎每一结论都给出案例来说明。从群论的角度来看,埃尔朗根纲领将群从置换群、运动群扩充到几何变换群,极大地拓展了群的概念,在从具体群到抽象群的发展过程中占有重要地位,现在看来这些群中很多都是著名的李群。随着群观念的日益成熟,数学家逐渐意识到群是描述对称的有力武器,他们用群的观点统一随后的李群、微分方程和自守函数,取得了相当的成功。

从几何的角度来看,在克莱因的几何学分类中,射影几何学处于中心的位置,不包括黎曼几何。由于一般的黎曼空间不是齐性空间,从这点来看,埃尔朗根纲领没有实现几何空间的最一般形式,因此它的几何研究也就将黎曼几何排除在外。克莱因的流形在某种程度上比黎曼的流形大打折扣,甚至一度降格为"数"流形。因此从几何方向来看,克莱因的埃尔朗根纲领不是黎曼1854年那种开创性的报告的类型,而更像是一种总结性的研究,但克莱因注意到线几何、球几何与切触变换、位置分析等的确反映出克莱因是一个有眼光的数学家。

埃尔朗根纲领最重要的意义在于它联系了不同的学科分支——群论、二元型理论、不变量理论和几何学[9]。其长期效应可以在物理和纯数学的多方面显现出来,狭义相对论和广义相对论都受到了埃尔朗根纲领的影响。埃尔朗根纲领对数学的影响深远而又历久弥新,最近数学界又有人提出

"广义埃尔朗根纲领",试图在群(群表示)的观点下统一数学。统一数学或许永远不能实现,但数学正是在不断分化和追求统一的过程中取得进展的,这似乎有着极大的哲学意义[10]。

埃尔朗根纲领发表之际,正值对非欧几何讨论的热潮时期。克莱因在正文中根本就没有提及非欧几何,而只是在附注的第5节中才对非欧几何做了简单论述。对于平行公理的基础,克莱因认为这是一个涉及最一般基础的哲学问题,纯粹数学家对此丝毫不感兴趣。尽管像克莱因这样所谓的纯粹数学家声称自己对哲学不感兴趣,但无可否认的是他们都有着极高的哲学素养和历史眼光,而且毫不犹豫地从哲学中吸取营养;而作为回报,数学家所从事的非欧几何学的实现问题,则被哲学家所借鉴。在 20 世纪逻辑还原方法和逻辑经验主义的兴起中,数学家有一定的贡献。

参考文献

[1]　Rowe D E. A Forgotten Chapter in the History of Felix Klein's Erlanger Programm[J]. Historia Mathematica,1983(10):448-454.

[2]　Hawkins T. The Erlanger Programm of Felix Klein:Reflections on its Place in the History of Mathematics[J]. Historia Mathematica,1984(11):442-470.

［3］　Klein M. Mathematical Thought from Ancient to Modern Times［M］. New york：Oxford University Press，1972：917-920.

［4］　胡作玄. 近代数学史［M］. 济南：山东教育出版社，2006：467-470，564-570.

［5］　菲利克斯·克莱因. 数学在 19 世纪的发展. 第 2 卷［M］. 李培廉，译，北京：高等教育出版社，2011：187-214.

［6］　关于现代几何学研究的比较考察——1872 年在爱尔兰根大学评议会及哲学院开学典礼上提出的纲要［C］. 数学史译文集. 上海科技出版社，1981：1-32.

［7］　Wussing H. The Genesis of the Abstract Group Concept：A Contribution to The History of the Origin of Abstract Group Theory［M］. Cambridge：MIT Press. 1984，167-177.

［8］　Scholz E. The Concept of Manifold，1850-1950［A］，James I. M.（Eds）The History of Topology［C］，Amsterdam：The Netherlands Elsevier Science B. V. ，1999：31-33.

［9］　邓明立、张红梅. 群论统一几何学的历史根源［J］. 自然辩证法通讯，2008，30(1)：75-80.

［10］　亚历山大洛夫. 数学——它的内容，方法和意义［M］. 王元，万暂先，等，译. 北京：科学出版社，2011，103-172.

数学高端科普出版书目

数学家思想文库	
书 名	作 者
创造自主的数学研究	华罗庚著;李文林编订
做好的数学	陈省身著;张奠宙,王善平编
埃尔朗根纲领——关于现代几何学研究的比较考察	[德]F.克莱因著;何绍庚,郭书春译
我是怎么成为数学家的	[俄]柯尔莫戈洛夫著;姚芳,刘岩瑜,吴帆编译
诗魂数学家的沉思——赫尔曼·外尔论数学文化	[德]赫尔曼·外尔著;袁向东等编译
数学问题——希尔伯特在1900年国际数学家大会上的演讲	[德]D.希尔伯特著;李文林,袁向东编译
数学在科学和社会中的作用	[美]冯·诺伊曼著;程钊,王丽霞,杨静编译
一个数学家的辩白	[英]G.H.哈代著;李文林,戴宗铎,高嵘编译
数学的统一性——阿蒂亚的数学观	[英]M.F.阿蒂亚著;袁向东等编译
数学的建筑	[法]布尔巴基著;胡作玄编译
数学科学文化理念传播丛书·第一辑	
书 名	作 者
数学的本性	[美]莫里兹编著;朱剑英编译
无穷的玩艺——数学的探索与旅行	[匈]罗兹·佩特著;朱梧槚,袁相碗,郑毓信译
康托尔的无穷的数学和哲学	[美]周·道本著;郑毓信,刘晓力编译
数学领域中的发明心理学	[法]阿达玛著;陈植荫,肖奚安译
混沌与均衡纵横谈	梁美灵,王则柯著
数学方法溯源	欧阳绛著
数学中的美学方法	徐本顺,殷启正著
中国古代数学思想	孙宏安著
数学证明是怎样的一项数学活动?	萧文强著

书 名	作 者
数学中的矛盾转换法	徐利治，郑毓信著
数学与智力游戏	倪进，朱明书著
化归与归纳·类比·联想	史久一，朱梧槚著

数学科学文化理念传播丛书·第二辑

书 名	作 者
数学与教育	丁石孙，张祖贵著
数学与文化	齐民友著
数学与思维	徐利治，王前著
数学与经济	史树中著
数学与创造	张楚廷著
数学与哲学	张景中著
数学与社会	胡作玄著

走向数学丛书

书 名	作 者
有限域及其应用	冯克勤，廖群英著
凸性	史树中著
同伦方法纵横谈	王则柯著
绳圈的数学	姜伯驹著
拉姆塞理论——入门和故事	李乔，李雨生著
复数、复函数及其应用	张顺燕著
数学模型选谈	华罗庚，王元著
极小曲面	陈维桓著
波利亚计数定理	萧文强著
椭圆曲线	颜松远著